Anna Kordsaia-Samadaschwili
Wer hat die Tschaika getötet?

Anna Kordsaia-Samadaschwili (*1968) lebt als Autorin, Übersetzerin und Kulturjournalistin meist in Tbilissi. Ihre ausdrucksstarken und emotionalen Romane und Erzählungen über Männer und Frauen, Liebe und Hass, Sex und Enttäuschung sind leicht überspannt und ein wenig zynisch.

Für ihre Werke wurde sie mit mehreren georgischen Preisen, für die Übersetzung von Elfriede Jelineks »Liebhaberinnen« aus dem Deutschen ins Georgische vom Goethe-Institut Tbilissi ausgezeichnet.

Anna Kordsaia-Samadaschwili

Wer hat die Tschaika getötet?

Aus dem Georgischen von
Sybilla Heinze

Verlag Hans Schiler

The book is published with the support of
the Georgian National Book Center and
the Ministry of Culture and Monument Protection of Georgia.

GEORGIAN
NATIONAL
BOOK
CENTER

MINISTRY OF CULTURE
AND MONUMENT PROTECTION
OF GEORGIA

Originaltitel: *Vin mokla Chaika*
Erstveröffentlichung durch Bakur Sulakauri Publishing, 2013

Dieses Werk wurde vermittelt durch Rachel Gratzfeld,
Agentin für georgische Literatur, Zürich.

Die vorliegende Übersetzung wurde durch ein Stipendium
des Deutschen Übersetzungsfonds e.V. gefördert.

Verlag Hans Schiler, Berlin/Tübingen
1. Auflage 2016
Redaktion: textintegration.de
Umschlaggestaltung: Tim Mücke
Umschlagillustration: *antikes Bügeleisen*
(Scan eines Drucks aus Deutschland um 1880)
The Graphics Fairy © CC BY-SA 2.0
Druck: Standartų Spaustuvė, Vilnius
Printed in Lithuania

ISBN 978-3-89930-029-1

Mami, liebe Mama, hilf mir doch,
hilf mir doch, Mami, liebe Mama …
(Gebet einer ungläubigen Waise)

Anfang

Sonntags früh am Morgen sind auf der Straße nur Straßenkehrer, Männer, die sich aus dem Haus der Geliebten schleichen, und junge Kirchgängerinnen unterwegs. Und Hundebesitzer.

Teso ist Hundebesitzer.

Vor zehn Jahren hatte Teso bemerkt, dass ihm die Haare ausfielen und er dick wurde. Das gefiel ihm gar nicht. Ein Glatzkopf und Fettwanst. Teso fand das unerträglich.

Teso probierte alles Mögliche aus, aber nichts half – das ausgefallene Haar kam nicht wieder. Deshalb rasierte er sich den Kopf blank.

Zur Bekämpfung des Übergewichts kaufte sich Teso einen Hund, in der Hoffnung, dem Tier zuliebe früh aufzustehen und viel herumzulaufen, wenn nicht sogar herumzurennen. Aber auch dieser Plan ging nicht auf: Zum Hundebesitzer avancierte seine Frau. Sie nannte die russische Spanielhündin Peppi »Schatzi«, umsorgte sie liebevoll und ging natürlich auch mit ihr spazieren. Trotzdem wurde Peppi innerhalb kürzester Zeit sehr dick und dermaßen faul, dass Spaziergänge ihr keine Freude mehr machten.

Teso seinerseits hatte an Peppis Anblick keine Freude mehr. Als seine Frau schwanger wurde, keimte in ihm die Hoffnung auf, sie würde sich von der Hündin trennen wollen, aber nein – Mamis Liebling wurde nicht aufgegeben. Selbst die Geburt des zweiten Kindes tat der Liebe zu der Hündin keinen Abbruch, und so lebten sie also:

Teso, seine Frau, die hoch aufgeschossene Tiniko, die kleine Lisiko und die dicke, faule und vom Grauen Star geplagte Peppi.

Dieser Morgen war für Teso ein Graus. Die »großen Mädels« waren zur Erholung ans Meer gefahren und hatten ihm Lisiko und Peppi dagelassen, die die Großmutter am Abend zu sich ins Sommerhaus mitnehmen sollte. Teso redete sich gut zu: Ein Tag, was ist das schon, das halt ich schon aus, aber dennoch war er irgendwie angefressen. Nicht, dass er Lisiko nicht lieb gehabt hätte, und mit Peppi kam er auch zurecht, aber trotzdem ...

Es dämmerte und Peppi begann an der Tür zu winseln.

»Sie wird sich schon gedulden«, dachte sich Teso, der in den frühen Morgenstunden sehr schlecht geschlafen hatte.

Peppi war da anderer Meinung und nervte einfach weiter. Teso stand auf. Ehe er ein sauberes Hemd gefunden, die Schnürsenkel gebunden und die Hundeleine aufgetrieben hatte, war auch Lisiko aufgewacht. Sie kam in den Flur, stellte mit einer für ihr kindliches Alter und Aussehen ungewöhnlich tiefen Stimme klar, sie wolle ebenfalls Gassi gehen, und hatte ihre Schuhe schneller an als Teso.

Was blieb ihm anderes übrig: Teso, Lisiko und Peppi gingen gemeinsam aus dem Haus.

»Wofür brauchst du die denn?«, fragte Lisiko und zeigte auf die Hundeleine.

»Wenn wir unten sind, werde ich sie ihr anlegen«, antwortete Teso, »damit sie nicht ausreißt.«

»Wer, Peppi?« Lisiko musste lachen.

Teso warf einen Blick auf die Hündin.

Auch wieder wahr, dachte Teso, aber zu leichtfertig wollte er doch nicht sein. »Ich mache sie trotzdem dran«, erwiderte er.

Lisiko zuckte nur mit den Schultern.

Allzu weit kamen sie nicht: Auf der gegenüberliegenden Straßenseite, vor einem dreistöckigen Haus, das wie durch ein Wunder noch stand, hockte sich Peppi unter eine alte Akazie.

Teso wandte sich ab. Irgendwie war es ihm peinlich.

Nur gut, dass die Straßen noch leer sind und mich niemand sieht, dachte er.

Da stand also Teso, musterte das Haus und dachte nach; dann kam ihm der Gedanke, dass er an jenem Morgen irgendwie auf andere Art dachte, nämlich »in Worten«, wie er seiner Frau später erzählte:

»Bald wird es einstürzen. Oder sie reißen es ab. Wenn sich jemand drum kümmern würde, wäre es eigentlich ganz hübsch. Aber es kümmert sich keiner drum ... Also wird es einstürzen.«

»Papa!«

Teso schreckte aus seinen Gedanken hoch.

Lisiko stand an einem Fenster, klammerte sich mit den Händen ans Gitter und schaute hinein.

Das war Teso noch peinlicher.

»Geh da weg, Mädel!«, rief er und eilte zu ihr.

»Papa, schau mal!« Lisiko ließ nicht vom Fenster ab. »Papi, da liegt eine Frau! Wie hingeworfen! Au weia, die sieht ja aus, schau mal, Papi!«

Erstes Kapitel

Gleich beim Betreten des Hauses war Wato klar, dass er in einen Schlamassel geraten war. Die Wohnung unterschied sich in nichts von den Wohnungen anderer Mordopfer – die Frau war getötet worden, was sonst! Trotzdem beschlich ihn ein irgendwie ungutes Gefühl.

Ich hätte auf Nato hören sollen, dachte Wato, in der Türkei hätte mich kein Schwein ans Telefon gekriegt ...

Die Wohnung hatte keinen Vorraum: Man öffnete die Tür und stand gleich in einem langen, niedrigen Zimmer. Wato war gesagt worden, sie sei offen gewesen. Das Schloss hatte seinen Namen ohnehin nicht verdient: Jeder, der sich einigermaßen damit auskannte, hätte es mit einem Messer öffnen können.

Im Zimmer stand ein verglaster Bücherschrank, alt und erbarmungswürdig: Vorn fehlte ihm ein Fuß, stattdessen waren Bücher darunter geklemmt. Wato hockte sich hin, kniff ein Auge zu und las: Lion Feuchtwanger.

In der Mitte des Zimmers ein runder Tisch, auf dem Tisch ein weißes Tischtuch, darauf ein Tablett mit Obst und irgendwelchem Krimskrams.

Dazu später, dachte Wato, der noch am Bücherschrank stand.

Die Uhr tickte. Es war eine alte, billige mit Pendel, obendrauf zwinkerte eine Katze mit den Augen: ticktack, tick-tack. Eines der Uhrgewichte in Tannenzapfenform fehlte, an seiner Stelle hing ein Vorhängeschloss.

Die Sonne fiel hell durch zwei vergitterte Fenster ins Zimmer. Offenbar hatte das Kind von dort hereingeschaut. Auch an diesem Morgen war es schon sehr heiß. Auf den Fensterbrettern standen unzählige Blumentöpfe, in manchen befanden sich Blumen, in anderen allerlei Kram – Besteck, Papierrollen und ähnliches.

Dazu später.

Auf einem abgenutzten Samtsofa neben der Eingangstür lagen Kissen und ein genauso abgenutztes Buch, »Alice im Wunderland«, eine alte Ausgabe – so eine hatte auch Wato als Kind besessen, nur nicht gelesen.

Am Fenster stand ein Sessel, darauf ein Haufen Bügelwäsche. Zwischen den Fenstern hing ein gerahmtes Foto.

Dazu später, dachte Wato.

Dort wollte er sich erst mal noch nicht umsehen. Rechterhand, bei einer der Türen, die aus dem Zimmer führten, waren die anderen Männer zugange. Die Vorstellung, dort hinzugehen, machte ihm Angst.

Gleich als er aus dem Auto gestiegen war, hatte Sergo ihm erklärt: »Sie ist mit einem Bügeleisen ermordet worden. Man hat ihr den Schädel eingeschlagen. Das Bügeleisen lag noch da.«

Wato hatte Angst vor Blut. Nein, nicht direkt Angst vor dem Blut an sich. Eher wurde ihm beim Anblick von Blut schlecht, und davor hatte er Angst.

Ich muss kotzen, dachte Wato, und schon wurde ihm übel.

»Hier.« Sergo reichte ihm eine Mappe, auf deren altem Pappumschlag »Schnellhefter« stand. Wato klappte sie auf. Es waren sehr schöne Buchstaben; für das erste Wort, die Überschrift, war besondere Sorgfalt aufgewendet worden:

»Testament.«

Bei Sergos vielsagendem Blick wurde Wato noch flauer im Magen. Er versuchte, nicht zur Seite zu schauen, durchschritt das Zimmer, öffnete die Tür des kleinen Schlafzimmers, stellte sich ans Fenster und begann zu lesen.

In Anbetracht dessen, dass mein Bruder, Dimitri M., ein beispielloser Nichtsnutz ist (sagt ihm das unbedingt) und ich mir sicher bin, dass ihm weder der Hunger- noch der Kältetod droht, in Anbetracht dessen, dass seine im Stillen mein Ableben herbeisehnenden Kinder, Nichtsnutze wie ihr Vater, mir ebenfalls völlig egal sind, sowie in Anbetracht dessen, dass der Mensch (in diesem Falle ich, Elisabeth M.) sterblich ist, zumal, wie ein wunderbarer Mann (oder wer auch immer) einmal gesagt hat, wider Erwarten sterblich ist, schreibe ich ein Testament. Wer es genau wissen will, wird feststellen, dass ich höchstpersönlich schreibe (siehe als Vergleich meine handschriftlichen Notizen in den Büchern) und meines Erachtens bei klarem Verstand bin und völlig nüchtern – als Beweis findet ihr in meinen Papieren ein Dokument, aus dem hervorgeht, dass mich einen Monat vor Verfassen dieses Schriftstücks ein Hund gebissen hat, mir was gegen Tetanus und noch allerhand anderes Dreckszeug verpasst wurde und ich mich deshalb, selbst wenn ich wollte, nicht betrinken kann.

Aus obigen Gründen konstatiere ich hiermit: Da laut Gesetzgebung meines Landes 25 (fünfundzwanzig) Prozent meines Eigentums meinem nächsten, wenn auch fiesesten Verwandten zustehen, gebt (oder lasst geben – wie ihr wollt) meinem Bruder, Dimitri M., nach meinem Ableben das in meinem Besitz befindliche Sommerhaus in Nigosa, dessen Dokumente ihr ebenfalls in den Papieren findet; den Notar aber, der ihm vermutlich Haus und Hof überschreiben wird, beauftrage ich, nach Abschluss der Formalitäten zu Dimitri M. zu sagen: »Erstick dran, du Lump!«

Das übrige Eigentum, all mein Hab und Gut, vermache ich Alexander Todua, welcher mein Leben zu einem Fest gemacht hat, Nigosa sowieso hasst und ihm deshalb nicht nachtrauern wird.

Wo und wie ihr mich begrabt – mir scheißegal.

Hochachtungsvoll,

Elisabeth M.

Dazu Datum und »Tbilissi«. So eine Idiotin, dachte Wato, das hat mir gerade noch gefehlt.

»He, wo soll's denn hingehn?«, hörte er Sergo brüllen, und dann hagelte es Schimpfwörter.

Ein Junge stürzte ins Zimmer. Als er Wato erblickte, postierte er sich am Kopfende des Bettes.

Noch so ein Idiot, schlussfolgerte Wato.

Der junge Mann, oder eher Junge, hatte auf den ersten Blick nichts Auffallendes an sich. Aber eben nur auf den ersten Blick oder, genauer gesagt, von weitem, also bevor man ihn genauer betrachtete.

Der Junge – groß, kräftig und braungebrannt – hatte einen ratzekahl geschorenen Kopf, trug Jeans, ein schwarzes Hemd und Turnschuhe. Nun ja ... an den Ohren funkelten Ohrringe und an den Fingern Fingerringe. Seine Jeans waren ein bisschen zu kurz und zu eng, das Hemd zu klein, die Ärmel mit der Schere abgeschnitten. Die Turnschuhe trug er an den nackten Füßen. Er war nicht einfach braungebrannt, er war eine ungewöhnlich dunkelhäutige Gestalt undefinierbarer Herkunft. Die Krönung des Ganzen war seine riesengroße Tasche – ein großer, schwarzer Beutel, an dem allerlei unnütze Dinge hingen: Perlen, Ketten, Federn ... Der Schwarze drückte seinen Beutel an die Brust, und als Sergo ihm sagte, er solle ihn auf das Bett legen, schüttelte er heftig den Kopf. Er hatte große schwarze Augen und lange Wimpern. Wato erschrak zunächst und dachte: Der ist ja angemalt – oder etwa doch nicht?!

Wato stellte sich vor. Der Junge starrte ihn an. Sagte nichts. Stand da, drückte die Tasche an die Brust und starrte Wato an. Weder feindselig noch freundlich. Schwer zu sagen, ob er etwas verstand oder nicht.

Was ist das denn für einer, dachte Wato.

»Wie heißt du?«

»Lassen Sie mich gehen«, sagte der Junge dumpf, »ich bitte Sie, lassen Sie mich gehen, mir ist schlecht.«

»Gut«, sagte Wato und fasste ihn am Arm. Der Junge entzog sich und blieb einfach wieder stehen.

»Mitkommen!« Wato wurde ein wenig ungeduldig.

Sergo fackelte nicht lange.

»Komm mit, Junge! Hey!« Er gab ihm einen leichten, aber bestimmten Schubs.

Plötzlich kauerte der Junge sich ans Bettende, er krümmte sich zusammen und igelte sich ein. Die Tasche hielt er immer noch an die Brust gepresst, verbarg aber nun sogar sein Gesicht darin. Auf seinem Kopf war ein Tattoo zu erkennen, eine Sonne.

»Junge!«

Aus dem Vorzimmer drang Stimmengewirr.

»Elitschka! Ach, du armes Mädel, Elitschka!«, schrie eine Frau und sagte noch irgendetwas, aber was, blieb im Unklaren, die Polizisten verstanden ihre Sprache nicht.

»Madame, das geht aber nicht!«, brüllte Sergo.

»Toma!«, schrie der Junge plötzlich, sprang blitzschnell auf, stieß Sergo, der an der Tür stand, beiseite und stürzte hinaus ins Wohnzimmer. »Toma, hilf mir, Toma!«

»Mein Sandro!«, schrie die Frau.

Wato rannte los. Zum Glück hatte er es ja nicht weit.

In der Mitte des Zimmers, am Tisch, stand eine Frau, um die fünfzig, stämmig, mit dickem Arsch und langer Nase. Auch sie war sehr dunkelhäutig, aber nicht sonnengebräunt, sie schien von Geburt an so zu sein. Sie trug ebenfalls Jeans und ein schwarzes Hemd, und ihr graues Haar war genauso raspelkurz. Zu ihren Füßen stand genauso eine große schwarze Tasche.

Eine Sekte, ich fass es nicht, dachte Wato.

Die Frau umarmte Sandro und sah Wato böse an.

»Madame ...«, begann Wato.

»Raus hier!«, schrie Sergo sie an.

»Hey, was soll der Scheiß? Wer bist du denn?«, fuhr die Frau ihn an, ohne Sandros Hand loszulassen. »Was heißt hier ›raus‹? Hau du doch ab!« Die Frau hatte eine furchtbare Stimme. Wato wand sich vor Verlegenheit.

Toma, das Weibsbild, zeterte weiter.

»Ja, hau ab! Siehst du nicht, dass das Mädchen tot ist und der Junge durchdreht? Hau ab!«

Dann schaute sie auf Sandro und schrie:

»Meine Güte, Elitschka!«

»Gut«, sagte Wato, »schon gut. Wir beruhigen uns jetzt alle und gehen raus. Okay?«

»Okay.« Toma war plötzlich einverstanden, legte Sandro, der den Kopf an ihrer Brust vergraben hatte, die Hand auf den Rücken und sagte sanft zu ihm: »Bleib nur so, wir gehen einfach rückwärts raus.«

So gingen sie also hinaus: Toma rückwärts, Sandro an sie geschmiegt, ohne den Kopf zu heben. Zurück blieb nur die schwarze Tasche.

»Die Tasche, Madame!«, rief Wato ihr nach.

»Nimm du sie, wirst dich schon nicht dran totschleppen!«, schallte es vom Eingang her.

Im Treppenhaus lösten sie sich endlich voneinander. Der Junge reichte Toma mit zittriger Hand eine Schachtel Zigaretten. Sie nahm zwei Stück heraus, steckte dem Jungen eine davon in den Mund und fischte ein Feuerzeug aus ihrer Hosentasche.

Sie fingen an zu qualmen.

Sergo zuckte mit den Schultern und kehrte in die Wohnung zurück. Wato blieb bei ihnen.

»Hast du dich beruhigt?«, fragte er den Jungen.

Der Junge nickte.

»Was ist denn mit dir los?«

Der Junge wiegte den Kopf.

»Was hast du denn da so Besonderes in der Tasche?«

»Was man zum Wohnungputzen so braucht«, antwortete ihm Toma, »und einen Kittel.«

»Sie habe ich nicht gefragt« – Wato war mittlerweile sehr gereizt – »sondern dich.«

»Nichts«, murmelte Sandro und blickte auf seine Tasche, »aaalso … hier, Toma, die ist übrigens für dich.«

Toma staunte. »Was soll ich damit?«

»Nun, was soll Elitschka denn noch damit?«

Sergo trat heraus und brüllte: »Junge, was hast du nun für'n Scheiß in der Tasche da? Gib das jetzt her!«

»Da!« Der Junge warf plötzlich die Tasche nach Sergo. Der bringt ihn um, schoss es Wato durch den Kopf, doch dann begriff er, dass die riesige Tasche sehr leicht sein musste.

Sergo fing die Tasche auf und stellte sie auf den Boden. Die Tasche klimperte.

Diese Perlen und Ketten, dache Wato, was für ein Klimbim.

Die Tasche war oben wie ein Sack zugebunden. Während Sergo sie öffnete, schaute Sandro zur Seite und rauchte verbissen. Seine Hände zitterten nicht mehr. Toma hockte sich neben Sergo.

»Vorsichtig, verstanden?«, sagte sie zu dem Polizisten.

Sergo brummte irgendetwas und leerte die Tasche einfach auf dem Fußboden des Treppenhauses aus. Toma sagte einen langen Satz in einer fremden Sprache – nichts Gutes, vermutete Wato – und richtete sich schwerfällig auf.

Auf dem Boden lagen Kleidungsstücke, bunt, glitzernd und schimmernd. Sergo nahm jedes einzeln in die Hand und tat es zurück in die Tasche: bestickte Kleider, gerüschte Chiffonröcke, Seidentücher, Atlaskorsetts ...

»Das soll für mich sein?«, fragte Toma. »Wofür brauch ich so was?«

»Deine Mädels mögen das doch ...«, erwiderte Sandro.

»Ja ... Das werden sie lieben ... Wie schön ...« Toma konnte die Augen nicht von den Kleidern wenden. Dann kam sie plötzlich wieder zu sich: »He, tu sie vorsichtig wieder rein, vorsichtig! He!«

»Wofür brauchtest du die?«, wandte sich Wato an Sandro. »Oder Elisabeth? Und überhaupt, was ist das eigentlich?«

»Ich hab sie das ganze Jahr über gesammelt ...« Sandro steckte den Zigarettenstummel in die Schachtel und die Schachtel zurück in die Hosentasche. »In der Altkleidersammlung ...« Er schaute zu Wato und sein Kinn fing an zu zittern. »Ja genau, Altkleider sind das.«

Zweites Kapitel

Sandro war ein Unglücksrabe. Er hatte Pech auf der ganzen Linie. Er war in Tbilissi zur Welt gekommen, sein Vater war General und er selbst homosexuell. Und als wäre das nicht schon schlimm genug gewesen, setzte die Vorsehung noch einen drauf. Der sowieso schon verbitterte Sandro litt unter heftigen Angstzuständen, und nichts und niemand konnte ihm helfen. Sandro wusste selbst am besten, warum er Angst hatte, und er wusste auch, dass seine Angst unbegründet war, aber er hatte sie nun mal und damit basta!

Dafür brauchte man keinen Psychotherapeuten. Sandro konnte sich auch ohne Seelenklempner klar an den Tag erinnern, als seine Mutter aus Moskau zurückgekehrt war und den Koffer geöffnet hatte. Er war leer gewesen bis auf zwei Gegenstände, deren echt georgischer Name viel zu vulgär klingt, und deshalb nennen wir sie einfach so: Rollerblades.

Es waren überaus schöne Rollerblades. Nicht etwa Rollschuhe, wie sie seine Mutter als Kind gehabt hatte, diese vierrädrigen, die man über die Schuhe ziehen und mit komischen Riemen festbinden musste. Es waren echte, rote Rollerblades, deren Plastikräder genau für das Charpuchi-Viertel abgezählt zu sein schienen – sie ratterten noch nicht mal auf dem Kopfsteinpflaster … Der kleine, dicke Sandro zog Ringelsocken an und schob klopfenden Herzens die Füße hinein. Das Herzklopfen ging vorbei, er zitterte vor Glück. Klack-klack! Fertig!

Sandro lehnte die Hilfe der Mutter ab – »Selber!« – und stieg sehr mühsam allein die Treppe hinunter: Er klammerte sich ans Geländer und stellte die Füße quer. Im Treppenhaus unten richtete er sich auf, winkte der Mutter, die in der Tür stand, und fuhr los.

Es war ein sonniger Tag. Auf der Pflasterstraße lagen Akazienzweige. Auf der gegenüberliegenden Seite hatte eine Frau Topfpflanzen herausgestellt und goss einen dermaßen großen Wasserschwall darüber, dass normalerweise kein einziger Stängel hätte überleben dürfen. Bei Sandros Anblick lebte die Trauergemeinde, die sich bei der kürzlich verstorbenen alten Nachbarin versammelt hatte, auf und schickte ihm anfeuernde Rufe nach, und Sandro, voller Stolz, rollte und lief, von rechts nach links, von links nach rechts ... Alle schauen auf mich! Wie toll!

»Schau, Mama, wie toll!«

Die Mutter stand da und schaute ihm strahlend zu. Sie lächelte nur so lange, bis man aus dem Nachbareingang »Olias tote, hässliche und böse Oma heraustrug« (Zitat aus dem nach so vielen Jahren immer noch erregten Monolog des mittlerweile erwachsenen Sandro) und Sandro, weiß Gott warum, die Richtung änderte und dem vordersten Sargträger in die Beine fuhr.

»Bist du wirklich auf sie draufgestürzt?«, fragte ihn Elo später.

»Sie lag auf mir drauf«, stellte Sandro klar.

Seitdem hatte Sandro Angst vor Särgen und allem, was mit Särgen zu tun hatte: vor Toten, Leichentüchern und, was am schlimmsten war, vor Priestern, flackernden Kerzen und kirchlichen Gesängen – und an Letzterem führt, wie ihr wisst, in Georgien kein Weg vorbei. Auch Sandro konnte dem nicht entrinnen und litt deshalb sein ganzes Leben lang; es war ein großes, furchtbares Leiden.

»Junge«, sagte Elo öfters zu ihm, »hör doch mal auf den Text. Das ist kein Kirchengesang, es weint auch keiner, einer trifft eine schöne Frau, er spricht zu ihr ... Wo kommt da ein Sarg vor?«

»Ich ertrag das nicht«, flüsterte Sandro, »mir ist total schlecht.«

Elo hatte Verständnis für ihn.

»Und wenn schon«, sagte sie nachdenklich. »Unser Nikoliko ist allergisch auf Pfirsichhaut. Was ist schon dabei, deshalb ist er noch lange kein Idiot! Schält er die Pfirsiche eben. Wo ist das Problem? Und der Sandro geht halt nicht in die Kirche und kommt auch nicht zu meiner Trauerfeier ...«

»Wenn du sterben würdest, dann schon, mein hässliches Entlein du«, antwortete Sandro, »ich komme in schwarzem Leder und Federboa! Ich murmle sogar Psalmen vor mich hin! Auf diesen Schultern trag ich dich zum Muchatgwerdi-Friedhof hinauf!«

»Die Zunge soll dir in deinem Drecksmaul verdorren!«, beschimpfte ihn Elo. »Benimm dich ordentlich! Mal nicht den Teufel an die Wand, Mensch!«

Da war er nun, der Teufel, dachte Sandro. Elo wurde umgebracht. Ich bin schuld, dabei hab ich es bis jetzt gar nicht gewusst.

»Nun weiß ich es«, sagte er laut.

Ein Mädchen stand beim Fahrstuhl und starrte ihn verwundert an. Sandro starrte zurück, streckte ihr die Zunge raus und nahm die Treppe, langsam und schwerfällig – er hatte einen langen Weg vor sich.

Storchi wohnte in der siebten Etage.

Sandro benutzte nie einen Fahrstuhl.

»Fahrstühle sind fahrende Särge«, hatte er einmal zu Eliso gesagt. »Särge mit besonderen Fähigkeiten. Und stinken tun sie außerdem.«

Nein, nicht mit dem Fahrstuhl, lieber zu Fuß.

Sandro wusste, was ihn zwischen der fünften und sechsten Etage erwartete: ein auf kurze Beine genageltes Holzpodest, eine Art Bank, auf die, seiner tiefsten Überzeugung nach, die Toten des gesamten Treppenaufgangs gelegt wurden und noch viele gelegt werden würden. Sandro fürchtete sich vor der Bank.

»Man könnte das doch auch ohne so'n Ding hinkriegen«, beklagte er sich bei Eliso. »Sieh mal, Gaga hat hundert Jahre lang in Manhattan gewohnt und sagt, er hätte nicht eine einzige Beerdigung gesehen. Was die können, können wir doch auch, oder? Sagen wir, per Internet. Send to Kukia-Friedhof@tbilissi.com, und fertig!«

»Und wenn du dich bei der Adresse vertippst, was dann?« Eliso verdarb ihm die Freude über seine Idee. »Wie wird Kukia geschrieben, mit K oder C? Das musst du vorher klären, sonst kommt's zurück.«

Meistens schaute Sandro nur auf seine Schuhe, wenn er sich der gefährlichen Etage näherte. Elf Stufen, dann sieben Schritte, dann noch elf Stufen, und wenn bis dahin nichts schiefgegangen war und er sich nicht umgeschaut hatte – auch das war schon vorgekommen –, würde er überleben.

Für heute hatte er überlebt.

Storchis Klingel gab einen undefinierbaren Laut von sich.

»Der Kuckuck und der Esel«, hatte Eliso dazu gesagt.

Die bringt mich um, dachte Sandro, als er hörte, wie sich Schritte näherten.

Und wieder überlebte er: Storchis Mutter öffnete ihm die Tür. In dieser Herrgottsfrühe mit dem Make-up vom

Vorabend. »Ein Vogel gewandet in weiße Spitze und Chinchillapelz!«, sang Eliso manchmal bei ihrem Anblick ein bekanntes russisches Lied.

»Bist du mit den Hühnern aufgestanden?«, fragte Storchi-Mutter lächelnd. »Komm rein!«

Storchi-Mutter kannte Sandro und liebte ihn auf ihre ganz eigene Art. Erstaunlich. Am meisten staunte Storchi.

»Sie hält ihn wohl für dein Kind?«, hatte Eliso sie schon mal gefragt. Sie beide kannten sich seit tausend Jahren, aber Storchi-Mutter hatte sie nie anerkannt, und auch wenn Eliso behauptete, es kränke sie nicht, sie wundere sich nur darüber, letztendlich kränkte es sie doch.

»Sie weiß ja nicht einmal, wer ich bin«, tröstete Storchi sie. »Letzte Nacht hat sie mich rausgeworfen, sagte, ich sei ja fertig mit Aufräumen, ich solle jetzt gehen, sie würde mich am Monatsende bezahlen …«

Storchi fand, und das nicht ohne Grund, dass ihre Mutter an ihrem ganzen Elend schuld war: dass sie Alimbegaschwili geheiratet hatte; dass ihre Tochter ins Kloster abgehauen war; dass sie die Landesgrenzen nur zweimal überschritten hatte, einmal, um Alimbegaschwili zu besuchen, und ein zweites Mal, um Niniko zurückzuholen. Beide Male war sie völlig geknickt zurückgekehrt, auch das war Storchi-Mutters Schuld. Storchi hatte ihre Storchenhaftigkeit der Storchi-Mutter zu verdanken.

»Es ist nur so, sie ist hübsch und ich nicht«, erklärte Storchi, »nützt mir also auch nichts.«

Storchi-Mutter hatte sich erst ziemlich spät in Storchis Leben eingemischt. Storchi hatte keinen Vater und auch keinen Alimbegaschwili mehr. Sie und Niniko lebten verwaist, sehr ruhig und friedlich, bis eines Tages …

»Sie kommt her«, hatte Storchi Eliso und Magda verkündet, die sie extra zu sich bestellt hatte.

»Wer?«, fragten die beiden wie aus einem Munde.

»Meine Mutter«, war die Antwort.

»Hä?« Wieder wie aus einem Munde.

Storchi-Mutter kam und brachte alles durcheinander. Weder Storchi noch Niniko wollten mit Storchi-Mutter zusammenleben, das fehlte gerade noch! Aber Storchi-Mutter wollte zu ihnen. Storchi gewöhnte sich an, jede Nacht zu weinen, Niniko hingegen beobachtete die Oma, beobachtete sie ständig, und nach einem Monat war sie wie verwandelt und hatte sich zu einem schwer erziehbaren Teenager entwickelt.

»Sie wäscht ihr Haar nicht mehr«, klagte Storchi, »und lackiert sich die Fingernägel schwarz.«

»Ist doch gut«, mischte sich Magda ein, »dann sieht man den Dreck nicht.«

Aber Magda hatte großes Verständnis für Storchis Elend, und also machte sich Niniko ein paar Monate später gewaschen und mit geschnittenen Fingernägeln auf nach Europa, um auf zwei blonde, wohlerzogene Kinder aufzupassen und die Sprache zu lernen.

»Und um zur Besinnung zu kommen«, warf Storchi ein. »Magdalene, ich bin dir wirklich dankbar!«

Es war noch kein Monat vergangen, da kam Niniko zurück. Sie war rausgeworfen worden, weil einer der blonden Engel am Tisch gerülpst und sie ihm deswegen eine Ohrfeige verpasst hatte.

»So ein Drecksbalg«, rechtfertigte sich Niniko.

Eliso lachte sich tot, Magda schwieg rücksichtsvoll, Storchi sagte nur: »Nun bin ich verloren.«

Und so war es auch. Storchi war verloren.

Storchi dachte täglich daran, Storchi-Mutter umzubringen. Sie malte sich das in verschiedenen Varianten aus: aus dem Fenster werfen, mit verdorbenem Fisch vergiften, den Fön in die Wanne werfen ... Aber sie brachte es nicht übers Herz. Nicht mal streiten konnte sie mit ihr – erst, als bei der Mutter fortschreitende Demenz einsetzte.

»Eins weiß ich von meinem Vater«, sagte Storchi einmal zu Eliso, »er hat es mir erzählt, als ich ihm sagte, dass ich sie zwar gar nicht kennen, aber total hassen würde – weil sie ihn so hat verbittern lassen ... Erinnerst du dich noch, wie glücklich wir lebten? Damals sagte Vater, ich solle so etwas nicht mehr sagen, und erzählte mir Folgendes: Während des Krieges, irgendwo in der Ukraine, gab es eine große Hungersnot, und sie« – Storchi wies zur Tür, hinter der Storchi-Mutter, die neapolitanische Lieder liebte, »Santa Lucia« sang – »war damals natürlich noch sehr jung, und ein deutscher Koch nahm sie als Tellerwäscherin auf. Der war zwar Faschist, hat sie aber trotzdem gerettet. Er war also ein guter Mann. Es war verboten, Einheimische, oder generell Slawen, aufzunehmen; Vater erzählte, manche hätten slawische Frauen nicht mal vergewaltigt, sie hätten sie nicht als Menschen angesehen oder so ähnlich, eher als Tiere ...

Na, jedenfalls gab ihr der Koch Arbeit und reichlich zu Essen und, sobald jemand in die Küche kam, versteckte er sie in einem komischen, großen Kessel. Und wenn die Arbeit erledigt war, gab er ihr die Abfälle, so, als ob er sie als Müllfrau eingestellt hätte, und tat ihr irgendwelche Sachen und vor allem Essen hinein, das sie mit nachhause nehmen konnte. Sie musste es bloß in den Müll werfen, und damit an der Tür keiner was merkte, musste sie dort nur die große Tüte, den Sack oder was auch immer seelenruhig öffnen und sagen: Schmutz. Dabei durfte nur der Abfall zu sehen sein. So machte es meine Mutter und überlebte und sorgte so auch für ihre Mutter und die große Schwester. Nur dass der Koch ihr eines Tages Butter schenkte, und sie dachte, Butter, wie toll! Kannst du dir vorstellen, was Butter für sie bedeutet haben musste?! Und dann dachte sie, wenn ich sie zum Abfall tue, muss ich hinterher so viel abputzen und wegwerfen, deshalb wickelte sie sie in Papier, diese trottelige Person. Ausgerechnet an dem Tag stand ein penibler Schnüffler an der Tür, stocherte in ihrem Müll herum und fand die Butter. Sie hätte sie gestohlen, behauptete er. Sie konnte ja schlecht sagen, der Koch habe sie ihr geschenkt, man brachte sie raus und verprügelte sie brutal. Dann hielt man sie wahrscheinlich für tot und ließ sie einfach liegen, aber sie war nicht tot, dieser Nichtsnutz, sie kroch sogar bis nachhause ... Seit sie bei uns ist, bin ich voller Hass, Elo, aber was soll ich machen? Ständig erinnere ich mich daran, dass sie mal klein war und sich im Kessel versteckte. Und dann kann ich ihr nichts zuleide tun. Zum Glück, wenn du mich fragst.«

Storchi-Mutter fühlte sich nicht einfach nur normal, sie fühlte sich blendend, und bis Niniko ins Kloster ging, lebten also die drei Storchis zusammen, eine glücklich, eine wütend, eine verbittert.

Storchi-Mutter nannte man nur hinter ihrem Rücken Storchi – immerhin war sie eine ältere Frau, und man konnte auch nie wissen, wie sie darauf reagieren würde. Bei Niniko wagten das nur die engsten Freunde, denn auch zu der Zeit, als sich überhaupt jemand traute sie anzusprechen, konnte sie jähzornig werden, eine echte Tochter ihres Vaters, außerdem war sie, abgesehen von ihrer Storchenhaftigkeit, ein hübsches Mädchen, und ein hübsches Mädchen Storchi zu nennen, passte irgendwie nicht. Unsere Storchi jedoch war einfach nur Storchi: dünner als dünn, hochgewachsen und langnasig, mit traurigen Augen. Storchi erinnerte sich nicht mehr an ihren richtigen Vornamen, sogar ihre eigene Tochter nannte sie Storchi.

»Wie ruft dich deine Mutter?«, fragte Sandro sie einmal.

»Meine Mutter ruft mich gar nicht«, antwortete Storchi.

So war es wirklich. Storchi log nie.

Und auch ihre nächste Bemerkung war die reine Wahrheit, sie sagte: »Ich sterbe.«

Storchi saß auf dem riesigen Bett in ihrem Zimmer, zerzaust, zerknittert, mit dunklen Augenringen. Auf der nackten Brust hatte sie hundert Schichten Halsketten hängen – offenbar hatte sie es nur noch geschafft, das T-Shirt auszuziehen, und war eingeschlafen, wie sie war, mit Jeans, Schmuck und Sandalen. Die Perlen einer zerrissenen Kette waren über das ganze Bett verstreut.

Storchi hatte einen Kater.

Sandro war entsetzt.

»Du hast getrunken!«

»Ja«, antwortete Storchi.

»Warum?«

Storchi hob die Hand.

»Ich bitte dich, fang nicht damit an ...«

Bevor Sandro den Mund aufmachen konnte, klingelte Storchis Telefon, und Sandro konnte förmlich sehen, wie der erbarmungswürdigen Storchi der arme, trunkene Kopf platzte.

»Es ist Gaga«, stöhnte Storchi, »meine Güte, aah!«

Der Typ am anderen Ende der Leitung brüllte so laut, dass sogar Sandro es hören konnte.

»Sie wurde umgebracht!«

»Wer?«

»Meine scheußliche, faule, verlogene ...«

»Was sagst du da, Mensch?«

Storchi warf das Telefon aufs Bett und schaute Sandro an.

»Willst du nicht wissen, was er mir gesagt hat? Weißt ja, er ist völlig durchgedreht.«

Sandro schwieg.

»Na? He! Junge!« Storchis Gesicht glühte.

»Ja«, sagte Sandro.

»Was – ja?«

»Sie wurde umgebracht.«

»Elo?«

»Ja.«

»Und wie?«

»Zuhause. Mit dem Bügeleisen.«

»Bügeleisen? Woher hatte sie denn ein Bügeleisen?«

»Na, das gusseiserne. Das Bügeleisen von der Eisenbahn.«

»Dieses bescheuerte Ding, das Gaga ihr geschenkt hat?«

»Ja.«

»Wer hat sie umgebracht?«

Sandro schwieg.

»Erzähl keinen Scheiß!«

»Was hast du denn gedacht?«

»Was soll ich denn gedacht haben?«, schrie Storchi. »Nicht was – wer, Junge! Wer würde sowas denn sonst tun! Was schaust du mich so an? Ja! Aber ich hab sie ja gewarnt!!«

»Brüll nicht so!«, schrie Sandro. »Was gibt es da zu brüllen!«

»Was es da zu brüllen gibt? Meine Güte! Ach, Elo, du Arme!«

Storchi krallte die Hände in ihr Haar und fing an, sich hin- und herzuwiegen. Sandro setzte sich neben sie, erst seitlich, dann kroch er mit Turnschuhen aufs Bett und legte die Arme um sie.

»Ach du meine Güte!«, jammerte Storchi.

Nach einer Weile hatte sich Storchi etwas gefasst. Sandro erzählte und Storchi wiegte sich nur hin und her, weder korrigierte sie ihn, noch widersprach sie – sie wiegte sich nur hin und her.

»War's das?«, fragte sie dann.

Sandro nickte.

»Gut.« Storchi richtete sich auf. »Ich werde mich jetzt waschen gehen ... Wenn ich nicht gestorben bin. Ja, genau.« Storchi schaute hinunter auf ihre Füße und schloss ganz fest die Augen, öffnete sie dann sehr langsam wieder und schüttelte den Kopf. »Herrje. Nun denn. Du bleibst hier. Fühl dich wie zuhause, sie wird dich nicht stören, schau nur ab und zu nach ihr, damit sie nichts anstellt. Um drei kommt Toma, und dann bist du entlassen. Was wollte ich doch gleich? Ach ja: Ich wasche mich jetzt, ziehe mich an, rufe diesen Typen an und nehme ihn mir vor. Ja, den, deinen Wato. Soll er mich doch befragen. Dieser Dummkopf. Tut so, als hätte er den Serienmörder Tschikatilo aufgespürt ...«

»Storchi ...«, sagte Sandro. »Und wenn er es dir in die Schuhe schieben will?«

»Was denn?« Storchi hob langsam den Kopf und richtete den Blick auf Sandro.

»Übrigens – wenn du wüsstest, wie du aussiehst!« Das hatte sich Sandro nicht verkneifen können. »Na, die Sache mit Elo.«

»Kann er nicht.« Storchis Stimme klang brüchig. »Mir was in die Schuhe schieben? Den Teufel wird er tun!«

Storchi hatte ein Alibi. Als Zeugen für den gestrigen Tag gab es nicht weniger als fünfzig Leute, und nicht einer von ihnen würde diese Nacht vergessen, in der sich eine Frau weit jenseits der Vierzig in aller Öffentlichkeit blamiert hatte.

Sie selbst erinnerte sich nur bruchstückhaft, aber das wenige, woran sie sich erinnerte, war peinlich genug: Sie hatte Eiswürfel aus einem fremden Cocktail gefischt und sich damit auf der Toilette vor dem Spiegel auf den Brustwarzen herumgestrichen – war sie etwa nackt gewesen? Mannomann, Storchi ... Gemeinsam mit den Musikern hatte sie sich hingestellt und »Love me two times« gesungen – mein Gott, hab ich etwa das Solo übernommen? Das war so nicht geplant! Storchi konnte sich nicht erinnern, von wem und wie sie nachhause gebracht worden war, wunderte sich nur sehr, dass sie im eigenen Bett aufgewacht war und nicht im Sarg ...

»Sarg wäre mir lieber gewesen, wäre ich doch nur gestorben!«, erklärte sie Sandro weinend vor lauter Scham und sich in den Zipfel des Bettlakens schneuzend.

Was soll ich nur tun?, dachte Sandro. O Gott, was mach ich denn jetzt nur?

Storchi hingegen weinte, beweinte Eliso, Niniko und ihre eigene Storchenhaftigkeit. Sie weinte und weinte, und niemand konnte sie mehr beruhigen.

Drittes Kapitel

In der oberen, kleinen Schublade von Elisos Kommode kam neben allerlei geschäftlichem und sinnlosem Papierkram auch eine Postkarte aus dem vergangenen Jahrhundert zum Vorschein, mit Engeln darauf, verwahrt in einem ebenfalls mit Engeln bedruckten Umschlag, der seinerzeit vorsichtig geöffnet worden war. Auf beide Seiten der Karte waren liebevoll winzige, runde Buchstaben gemalt. Die Aufschriften waren mit rosigen Engelpopos verziert, und rosafarbene Bänder gaben Sprüche zum Besten:

Eene meene mei – Storchis Nase reicht für drei!

Eliso auf der Weihnachtsfichte – das macht den ganzen Baum zunichte!

Elisabeth – du bist fett!

Unglaublich, wieviel Unsinn auf eine so winzige Postkarte passt ...

»Mädels! Mir geht's super! Was für eine Stadt, Ihr wärt von den Socken! Ich hab auch ein eigenes Zimmer, vom Fenster aus sieht man den Kirchturm, und ich brauche keine Uhr, weil ich die Turmuhr ablesen kann. So verspäte ich mich nie. Sobald ich mit dem Studium anfange, bekomme ich auch eine Arbeitserlaubnis. Elo, hier laufen geile Jungs rum! Ich muss Dich mal hierher mitnehmen, Herzchen, was für einen willst Du, groß, klein, schwarzhaarig, blond ... Storchi, schreib mir doch mal, was bei Dir so abgeht! Niniko! Ich vermisse Euch sehr – schreibt mir doch auch, auf dem Umschlag steht die Adresse, wird schon bei mir ankommen. Magda.«

Und um den ganzen Text herum mit roter Tinte gemalte Engel.

So ist Magda.

Erst war der Vater weggegangen, kurze Zeit später die Mutter. Ein Jahr später folgte ihnen Magda.

»Euch werde ich auch noch mitnehmen«, stellte Magda Eliso und Storchi in Aussicht.

»Jaja«, sagte Eliso. »Komm du erstmal wieder, und dann holst du uns nach.«

»Klar komm ich wieder!«

Sie kam auch wieder, nur dass sie niemanden irgendwohin mitnahm. Sie ist hiergeblieben.

Magda konnte gut erzählen. Sie merkte sich immer alles, erinnerte sich haarklein an jede Einzelheit, und obwohl ihre Einschätzung der Ereignisse meist recht zweifelhaft war – in der Beschreibung von Fakten war sie Meisterin. Meist begann sie mit »Aaaalso ...« und schwelgte in allen Details, ließ nichts aus.

»Hach, aus ihr wäre eine gute Spionin geworden«, meinte Elo einmal bedauernd.

»Was du nicht sagst«, Storchi drückte die Zigarette aus, »Mata Hari aus Tschughureti.«

Wie schon gesagt, zog Magda nach Europa, um mit den Eltern zusammen zu leben und zu lernen, mit ein klein wenig gefälschten Papieren und großen Hoffnungen. Die neue Stadt gefiel ihr sehr ...

»Diese Springbrunnen solltet ihr sehen!«

Die Eltern fanden ein wunderschönes Haus und Arbeit. Der Professor ließ Magda vorspielen und sagte ihr, sie sei ein tolles Mädchen. Die Sprachprüfung legte sie zu ihrer eigenen Verwunderung ohne Probleme ab. Kurzum, für Magda lief alles fantastisch.

Bis zum Semesterbeginn waren es noch ein paar Wochen und Magda spazierte durch die Stadt, verjubelte das Geld, das ihr der Vater vor Freude über die Erfolge geschenkt hatte, und schaute sich staunend um. Sie war sehr zufrieden.

Einmal kam ihr zu Ohren, dass die eine schöne Kirche offenbar etwas ganz Besonderes sei. Angeblich gab es darin eine ganz besondere Orchel ...

»Nicht Orchel – Orgel!«, verbesserte Storchi.

Sie bestand angeblich aus sieben Teilen oder vielleicht waren es sogar sieben Orgeln, aber davon verstand Magda nicht so viel. Also schlenderte sie in die Kirche und sah sich um, konnte nichts darüber herausfinden, war aber deswegen umso mehr begeistert.

Als sie herauskam, sprach sie ein alter Mann an und sagte, sie solle abends wiederkommen, da könne sie sogar ein Konzert erleben. Barockmusik, gespielt auf einer Barockorgel, das werde ein außergewöhnlicher Abend, und danach könne er sie mit hoch auf die Empore nehmen, um ihr die Orgel zu zeigen. Sie sagte zu und kam am Abend aufgebrezelt in die Kirche.

»Das kann ich mir vorstellen«, sagte Storchi und grinste, »weißer Kragen, weiße Schleife ...«

»Geschniegelt und gebügelt, und im Kopf nichts als bunte Murmeln«, stimmte Eliso zu.

Gemeinsam mit ein paar verirrten Touristen saß Magda in der Kirche, lauschte der Musik und dachte bei sich, wie glücklich sie doch sei. Sie war sehr froh, dass sie ihre neue weiße Bluse angezogen hatte – weiß wie Schnee, weiß bestickt, und ebenso war ihr Kopftuch, weiß, bestickt, mit Fransen. Hin und wieder zupfte Magda das Kopftuch zurecht und sinnierte darüber, dass außer ihr niemand sonst den Kopf bedeckt hatte – Ach, diese Ungläubigen! –, und gefiel sich selbst umso besser.

Magda freute sich, dass sie einfach so allein hingegangen war, fantastische Musik gespielt wurde, und danach würde sie noch die Orgel besichtigen, und der Alte, der die Orgel spielte, würde die schöne Magda gleich erkennen und sagen: »Bist du nicht das Mädchen, das heute früh schon mal hier war? Soll ich dich spielen lassen?« Und Magda würde spielen.

»Wie das denn?«, wunderte sich Eliso.

»Sie dachte einfach, es wäre nichts anderes als ein Klavier mit Röhren!«, erklärte Storchi. »Stimmt doch, oder? Siehste!«

Magda saß wie alle anderen mit dem Rücken zur Orgel und schaute zum Altar. Weiße Wolken, Engel, die Jungfrau Maria mit dem Gotteskind ... O Gott, wie wunderschön das ist, dachte Magda, und weil sie ein gläubiges Mädchen war, fing sie an zu beten: »Allmächtiger Gott, mach, dass ich gesund bleibe und meine Eltern auch. Vielen, vielen Dank, dass alles so gut läuft. Gib mir, Gott, deinen Segen, und wenn du möchtest, könntest du mir einen Wunsch erfüllen. Wie du weißt, bin ich gerade in niemanden verliebt, Gott, und du könntest machen, dass ich einen netten Jungen kennenlerne. Ich würde ihn von ganzem Herzen lieben! Gott, hilf mir, und wenn ich dich um etwas Schlechtes bitten sollte, dann vergiss es eben. Es ist bloß gerade alles so schön, und was wäre schon dabei, wenn ich mich verlieben würde ...«

Das Konzert war zu Ende. Die Leute gingen ihrer Wege. Auch Magda stand auf, nahm ihr Kopftuch ab – das Haar und die Ohrringe kamen zum Vorschein – und stieg zusammen mit anderen verbliebenen Besuchern die enge Wendeltreppe hinauf. In jedem Winkel brannte eine Fackel – es waren zwar Glühlampen, sahen aber aus wie Fackeln, der Duft von Weihrauch hing in der Luft und ein paar Akkorde erklangen, ganz leise. Meine Güte, toll!, dachte Magda.

Oben erwartete sie – die Orgel. Irgendwie komisch, weil sie Sieben-Orgel hieß, aber trotzdem war es eine Orgel, riesig, großartig, genauso wie die Stadt. Gleich dort saß ein junger Mann, ein Junge, bei dessen Anblick wurde Magda ganz flau im Magen.

»Wie war er denn so, erzähl doch mal«, hakte Eliso nach.

»Groß oder klein, dick oder dünn?«

»Was weiß ich …« – Magda zuckte mit den Schultern – »außergewöhnlich!«

Offenbar hatte der Junge so traumhaft gespielt und nicht der Alte. Und der außergewöhnliche Junge sollte die Geschichte seines Instrumentes erzählen, tat er dann auch und zeigte sogar, was wie funktioniert, und Magda wurden zwei Dinge klar – dass eine Orgel alles andere als ein Klavier ist und dass Gott ihr den Jungen gesandt hatte. Sie hatte ihn darum gebeten – und er hatte ihn gesandt.

»Was du nicht sagst!«, sagte Eliso.

»Na und?«, Storchi verteidigte sie. »Wie sagt man so schön: Unverhofft kommt oft!«

Dann, als das Bildungsprogramm beendet und die Touristen die Treppe hinuntergestiegen waren, ging Magda zu dem Jungen hin und fragte ihn, ob sie das Instrument denn einmal ausprobieren dürfe.

»Na schau mal einer an, die Magda!«

Der Junge sagte, na gut, setz dich. Zusammen mit dem Jungen schien es sogar zu klappen, er zerrte an irgendwelchen Stöcken, und Magda dachte bei jedem Akkord, sie sei noch nie so glücklich gewesen und würde es auch nie wieder so sein.

»Da hab ich mich aber geirrt«, meinte Magda, »danach war ich so dermaßen glücklich, das könnt ihr euch gar nicht vorstellen!«

Der Junge fragte sie dann, falls sie es nicht eilig habe, fiele ihm ein schönes Plätzchen ein, da könne man zusammen einen Kaffee trinken. Sie gingen hin und auch dort waren sie von barocker Atmosphäre umgeben – es erklang die Arie der Königin der Nacht! Magda wähnte sich im Paradies: Sie trank Milchkaffee aus einem riesigen Krug, verschlang Schokoladentorte, dazu sang die Königin der Nacht, und der Junge erzählte ihr Tausende Dinge über seine Orgel.

»Ist das nicht Mimi Coertse?«, fragte Magda den Jungen. Der Junge sagte, keine Ahnung ...

»So ein Drehorgelspieler«, fiel ihr Storchi ins Wort.

... und dann fragte sie bei der Kellnerin nach. Die sagte, ja, stimmt, das ist sie. Der Junge blickte Magda erstaunt an und fragte, woher sie denn soviel wisse.

»Ich bin Musikerin«, sagte Magda lächelnd und zog das um den Hals gewickelte Kopftuch ein wenig beiseite.

»Geigerin?«, fragte der Junge.

»Jawohl«, Magda nickte und wollte das Kopftuch wieder herumwickeln, aber dann kam, was kommen musste ...

»Ach du Schande, ist er etwa mitten im Café über dich hergefallen und hat dich geküsst?« Storchi war entsetzt.

»Klar, was ist denn schon dabei?«, warf Elo ein. »Das ist Europa, nicht Tschughureti!«

»Er ist doch nicht über mich hergefallen«, sagte Magda betreten, »nein, sieh mal, das war so ...«

»Uuuhhh!«, riefen Elo und Storchi gleichzeitig.

Magda kam spät nachhause und sagte zur Mutter, sie würde ihr morgen alles erzählen, sie habe fantastische Neuigkeiten, dann bedankte sie sich beim Engel von

Qinzwisi an der Wand und bekam die ganze Nacht kein Auge zu – sie dachte an die Ereignisse vom vergangenen Nachmittag und das nächste Date, meine Güte, toll!

Am Morgen gab es ein großes Palaver: Die Mutter sagte, wie könne man denn bloß in Hosen zum Gottesdienst gehen, Magda beteuerte jedoch, sie sei doch erst gestern in der Kirche gewesen und da hätten alle Hosen getragen. Letztendlich setzte sich die Mutter durch und sagte, dieser Junge sei schließlich auch ein Mann, und Männer mögen Kleider lieber, und wenn sie ihr nicht glaube, solle sie ihren Vater fragen. Auch der Vater sagte, ein Kleid sei schöner.

»Woher soll dein Vater wissen, was die Jungs von dort mögen, hm?«, regte sich Storchi auf, als sie das hörte.

»Er wusste es! Das stimmte genau!« Magda funkelte mal Storchi, mal Eliso an. »Wisst ihr, was er gesagt hat, als ich ankam?«

»Was?«, fragten sie einstimmig.

»Alle würden zu ihm schauen, weil er so ein elegantes Mädchen an seiner Seite habe!«

»Welches Kleid hattest du an?«, fragte Storchi einlenkend.

»Das schwarze. Ihr wisst ja, ich hab nur einziges schwarzes Kleid.«

»Aah, das steht dir«, sagte Storchi beruhigt.

So ein Tag …

»Ja, das war ein toller Tag!«

Es war nicht einfach nur ein sonniger und heller Tag gewesen. An jenem Tag feierten viele Leute ihren Schutzheiligen, und Magda entschied, es solle auch der ihre sein.

»Also«, Magda begann an den Fingern abzuzählen, »Gärtner, Blumenverkäufer, Leute, die Zäune bauen, die und welche, die Hautkrankheiten haben und sie loswerden wollen. Warum sollten sie die auch behalten wollen ...«

Eliso und Storchi schauten sie erstaunt an.

»Wer soll das denn sein?«

»Der Heilige Fiakrius!«, verkündete Magda, »Schutzheiliger der Pferde und Droschkenkutscher!«

»Sie fantasiert nur«, beruhigte Elo Storchi.

»Ich fantasiere überhaupt nicht!« Magda war beleidigt. »Echt! Das war ein irischer Heiliger, ein Pilger, und eines Tages stieß er seinen Wanderstock in die Erde und der ganze Wald wich einem gepflegten Schlossgarten. Was schaut ihr mich so an, wirklich! Dort gibt es doch Kutschen oder Droschken oder sowas, die heißen Fiaker. Und er ist der Schutzpatron der Pferde vor den Fiakern oder sogar der gesamten Fiaker.«

»Fiaker kennen wir«, sagte Eliso, »vom Mond gefallen sind wir nun auch wieder nicht. Aber Fiakrius ... Und was hat das Ganze mit der Krätze zu tun?«

Das wusste selbst Magda nicht. Sie erzählte einfach, dass – Warte mal, das ist nicht der richtige Moment, um von Krätze zu erzählen, Mann! So ein herrlicher Tag war das! – ihr Junge einen Bekannten hatte, der Kutscher war, der ließ Magda vorn sitzen, knallte mit der Peitsche und los ging's, huiii! Und die Pferde zogen an! Ihre Hufe klapperten, dazu schüttelten sie die geschmückten Köpfe. Zuerst fuhren sie auf den großen Platz, am Schloss, dort spielte ein Quartett, dann ging es die gepflasterten Straßen entlang, und die Pferde liefen und liefen ...

»Ich will sowas auch«, sagte Storchi, »unbedingt will ich! Aber was soll ich machen?«

»Bekommst du«, beruhigte sie Eliso, »ich nehm dich mit nach Nigosa und lass dich auf dem kleinen Esel die Dorfgasse langreiten.«

Es war noch kein Jahr vergangen, da saßen Storchi, Niniko, Magda und die zwei Monate alte Manana würdevoll auf dem Ochsenkarren, vorn hatten sie Eliso platziert, die zum Leidwesen des Kutschers aus vollem Halse sang:

Unsre Lok, die dampft voran,
Hält in der Kommune an!

Manana weinte, Storchi lachte, die Ochsen trotteten gelassen vor sich hin, und Magda rief auf Russisch:

»Nun, ist das nicht wie Versailles?«

»Nieder mit Versailles, Magdalene!«, antwortete Elo. »Vive la commune!«

Der rostbraune, kurzbeinige Bangwala sprang bellend den Ochsenkarren an.

»Sei still, sonst werfe ich Manana nach dir!«, drohte Storchi.

»Wirf doch, Storchi!«, sagte Magda lachend. »Ich kriege einfach noch eins!«

Bangwala bellte, die Mädchen lachten, die Ochsen nickten mit den Köpfen und der Karren rollte.

»Hau ab«, rief ein alter Mann und fuchtelte Richtung Bangwala, »du Giftzwerg!«

Vive la commune! stand auf Magdas Tür. Wato begutachtete erst die Aufschrift, dann suchte er die Klingel. Er fand sie nicht und klopfte an die Tür. Ohne Erfolg. Klopfte noch mal. Es war eine hohe Holztür, übersät von unzähligen Narben, die Nägel und abgeschraubte Schilder hinterlassen hatten.

Als er zum dritten Mal die Hand hob, öffnete sich die Tür und zwei Mädchen schauten zu ihm auf – beide sahen gleich aus, die gleichen feuerroten Haare, das gleiche Schielen.

An jenem Morgen hatte Magda ihm telefonisch mitgeteilt: »Kommen Sie bitte zu mir. Ich kann die Mädchen bei niemandem unterbringen.«

Das waren also besagte Mädchen.

»Wen wünschen Sie?«, fragte eins.

Das andere gab dem ersten einen Knuff und sagte: »Der Gast ist Gott. Wen wünschen Sie?«

Bevor Wato etwas sagen konnte, war die Stimme einer Frau zu hören.

Was für eine helle Stimme, dachte Wato.

»Kommen Sie! Treten Sie ein! Ich komme gleich!«

Ein Rotschopf wich nach rechts, der andere nach links aus. Wato trat ein.

Im Korridor stand die Dämmerung, aber im Zimmer war es strahlend hell. Das Licht fiel durch drei riesige Fenster herein. In diesem Haus war nach seinem Bau offensichtlich nie etwas renoviert worden, und trotzdem glich es einem Schloss. Der riesige Raum wurde wahrscheinlich auch als Empfangszimmer genutzt, genauso wie das Schlafzimmer, aber es blieb trotzdem noch eine Menge Platz, viel Raum und viel Luft.

Ui, was für ein Haus, dachte Wato auf der Schwelle.

Jemand tippte ihm auf die Schulter. Er drehte sich um. Da stand eine Frau, die ihm kaum bis zur Brust reichte.

»Bitte, treten Sie ein.«

»Jawohl«, sagte Wato und trat in den großen Raum. Die Rotschöpfe wuselten geschäftig herum. Die eine stellte sich neben den Sessel und gab Wato mit einem Wink zu verstehen, er solle sich setzen. Die andere versuchte, die Nähmaschine von einem kleinen Tisch herunter zu stellen, schaffte es jedoch nicht und war betrübt. Die Frau stellte die Maschine auf den Fußboden und rückte den Tisch an den Sessel heran.

»Setzen Sie sich.«

Dong!

»Die Uhr«, sagte Magda beruhigend zu Wato, setzte sich ihrerseits in einen Sessel und stellte sich eine Holzschüssel mit Äpfeln neben die Füße.

Das ist also Magda. Augen und Nase waren rot, der Rest des Gesichts weißer als weiß. Sie wirkte wie ein kleines Mädchen. Ihr Rock hatte Elefantenmuster, das lockige, rötlich gefärbte Haar hatte sie am Hinterkopf mit einem Bleistift festgesteckt.

Wato setzte sich. Die Rotschöpfe wirbelten irgendwo herum. Magda hatte sich ebenfalls gesetzt und schaute Wato an.

»Herr Wachtang, stimmt's?«

»Jawohl«, sagte Wato, »mein Beileid.«

Magda nickte.

Die Rotschöpfe kamen zurück. Die eine trug ein Brettchen mit Kuchen, die andere brachte zwei Teller und Servietten mit. Magda nahm sie ihr ab.

»Alle Achtung!«, sagte sie zu den Rotschöpfen. »Jetzt noch Gläser und ein Messer, und gut ist.«

»Nur keine Umstände ...«

Magda winkte ab.

»Wie bringen wir das Messer?«, rief sie den Rotschöpfen hinterher.

Die eine zeigte ihr die Faust.

»Richtig.«

Die Rotschöpfe wirbelten hinaus.

»Ich höre.« Magda wendete sich Wato zu. »Wissen Sie, freiheraus kann ich Ihnen auch erstmal folgendes sagen. Ich habe keine Ahnung, wer Elo getötet hat. Ich glaube, ein Irrer. Elo hatte keine Feinde. Zu ihrem Bruder hatte sie ein schlechtes Verhältnis, aber das tut nichts zur Sache. Er hätte sie außerdem auch nicht umbringen können, er ist gerade in der Türkei. Wie hätte er sie da umbringen sollen.«

Wäre ich nur auch in die Türkei abgeschwirrt, dachte Wato.

»Elo hatte kein Geld« – Magda war offenbar vorbereitet – »Schmuck auch nicht. Sie waren doch bei ihr im Haus und haben gesehen, da gab's nichts mehr mitzunehmen. Irgendein Verrückter hat sie umgebracht. Ein Kranker. Finden Sie ihn schnellstens, bevor er noch jemanden umbringt.«

Die Rotschöpfe kamen wieder. Die eine presste eine große Flasche Coca-Cola an die Brust. Magda nahm sie ihr ab.

»Das machst du prima. Gib mir das Messer«, sagte sie zur anderen, »und reich mir die Schüssel, nein, die da. Ja, das ist lieb von dir.«

»Ich will auch was«, sagte das Kind.

»Sie ist kalt genug, oder? Na gut ...« Magda machte sich am Deckel der Flasche zu schaffen. »Pah, was ist denn damit los?!«

»Geben Sie mal her« – Wato streckte die Hand aus – »ich mach das.«

»Vielen Dank«, sagte Magda. »Willst du auch was?«, fragte sie das andere Kind. »Dann brauchen wir aber noch ein Glas.«

»Sie kann aus dem hier trinken«, sagte Wato. »Ich möchte wirklich nichts, danke.«

»Wirklich nicht? Soll ich Ihnen vielleicht einen Eiskaffee machen?« – Magda nahm Wato die Flasche ab – »Es macht mir wirklich nichts aus.«

»Nein, danke«, antwortete Wato.

»Gut, dann nicht ...«

Die Rotschöpfe ergriffen die Gläser, leerten sie gleichzeitig und stellten sie auf den Tisch.

»Hat's geschmeckt?«, fragte Magda.

Sie nickten.

»Wollt ihr noch mehr?«

Sie schüttelten den Kopf, nein.

»Dann gut.«

Die Rotschöpfe trollten sich. Wato schaute ihnen nach. Die Mädchen hockten sich aufs Fensterbrett, einander gegenüber.

»Die beiden haben ein kollektives Ego«, sagte Magda, halbierte einen Apfel erst und viertelte ihn dann. »Wunderbare Leutchen ... nun, Herr Wachtang, ich höre. Wenn Sie noch etwas wissen wollen, fragen Sie ruhig. Ich bin darauf gefasst. Ich habe mich auf Ihren Besuch eine halbe Stunde lang vorbereitet. Also eine halbstündige Rede hab ich vorbereitet. Soll ich anfangen?«

Es war einmal ein Innenhof, um den wohnten drei Mädchen. Eins hieß Magda, das zweite Eliso, das dritte Storchi. Magda war die jüngste, deshalb passten die anderen ganz besonders gut auf sie auf, beschützten sie. Nicht nur, als sie Kinder waren, sondern ihr ganzes Leben lang.

Dann wurden die Mädchen erwachsen. Storchi heiratete, bekam ein Kind, dann starb ihr Vater, dann verwitwete sie. Sie wohnte nicht mehr im Hof, sondern zog in die Wohnung ihres Ehemannes, irgendein Typ namens Alimbegaschwili, vermietete die Wohnung ihres Vaters und hielt sich damit über Wasser.

Elisos Haus wurde von ihrem Bruder verkauft. Ja, genau, von Dimitri. Eliso selbst bezog ganz in der Nähe eine winzige Wohnung.

Einzig und allein Magda blieb im Hof wohnen. Aber am Ende schien es fast so, als wären Storchi und Eliso gar nicht weggezogen. Sie waren trotzdem ständig zusammen.

Magdas Ehemann? Sie hat keinen. Wie das kommt? Was spielt das für eine Rolle? Hat eben keinen.

Dann überlegten sich die Freundinnen, in Elisos Haus einen Kindergarten zu eröffnen. Eliso hatte so eine Art Lehrerinnenausbildung abgeschlossen, irgendein komisches Vorschulzeugs, deshalb kamen sie darauf. Nein, keinen Hochschulabschluss. Den hatte nur Storchi gemacht, auf Betreiben der Alimbegaschwili-Familie. Wozu das gut sein sollte ... Elo arbeitete eine Zeitlang als Journalistin bei einer Zeitung namens »Guten Abend« – ist die Ihnen ein Begriff? Ja, die gab es mal, hat man später aber eingestellt. Immerhin brachte das ein paar Kröten ein, und als es die Zeitung nicht mehr gab – gab's den Kindergarten. Die Eltern von vier Kindern bezahlten Geld. Magda natürlich absolut gar nichts, und dann hatten sie noch zwei Mädchen, die Enkel einer ehemaligen Nachbarin, Toma. Ah, Sie kennen Toma schon? Die zahlten jedenfalls auch nichts, schließlich räumte Toma einmal pro Woche Elisos Haus auf und hütete ab und zu Storchis Mutter. Jawohl, die ist krank. Kann nicht alleine bleiben. Hat sie Ihnen gesagt, dass sie kommen wollte? Wahrscheinlich konnte sie sie bei jemandem unterbringen. Storchi ist allein. Wie Sie ja schon wissen, ist sie Witwe. Und hat ein Kind, genau. Das Mädchen ist jetzt im Kloster. Ist schon groß.

Nein, Eliso war nicht verheiratet. Sie hat nicht mal einen Liebhaber. Hatte. Nein, wirklich nicht, da bin ich mir sicher. Faktisch wohnte sie mit Sandro zusammen. Jawohl, Sandro ist schwul. Müssten schon um die fünf Jahre sein, die sie zusammen sind. Nein, das ist Nikolos. Ein ganz anderer Mann. Jawohl, der ist auch schwul. Warum interessiert Sie das? Nein, ist doch kein Problem.

In der Schüssel türmte sich ein Berg aus geschälten und geteilten Äpfeln.

»Äpfel!«, rief Magda den Mädchen zu. »Bedienen Sie sich doch auch«, wandte sie sich an Wato. »Das sind wirklich gute Äpfel.«

»Danke. Und weiter ...?«

Was hätte Elo denn für Geld haben sollen. Sie hatte keins. Na gut, sie machte Reisen. Das kann heutzutage jeder. Trampen, mit dem Bus oder der Fähre. Elo und Sandro. Vielleicht einmal pro Jahr. Selbst das nicht mehr? Ich sagte Ihnen doch, mit dem Kindergarten. Diese eine Wohnung hatte sie und Nigosa. Sandro hat's geerbt? Wirklich? Alle Achtung, Elo. Was hätte Dimitri auch damit gewollt ... Ein gewöhnlicher Gauner, solche gibt's überall. Ein habgieriger Mensch. Wissen Sie, was die für ein tolles Haus hatten? Zwei Zimmer wie dieses und einen großen Balkon. Soll ich es Ihnen zeigen? Gut, erinnern Sie mich bei Gelegenheit dran.

Nun, wem hätte sie es denn sonst vererben sollen? Sie hatte niemanden. Um die Neffen kümmert sich der Bruder, ist für ihn gar kein Problem. Meine Kinder? Was haben die damit zu tun? Denen fehlt es an nichts. Mein Vater ist Arzt, er lebt in Europa und schickt ihnen ständig was. Nein, der Kindergarten gehörte Elo, ich gehe nur zu Feierlichkeiten hin, Gesang, Klavierbegleitung ... ich ging hin. Nein, Storchi hat's nicht so mit Kindern. Hätte auch gar keine Zeit. Sandro nähte die Kostüme. Wir hatten sehr schöne Feiern. Nein, den Kindergarten machen wir nicht mehr.

»Machen Sie sich keine Umstände mehr«, sagte Wato zu Magda, »mit so einer Menge Äpfel wird keiner fertig.«

Madga schaute hinunter auf die Schüssel und legte dann das Messer beiseite.

»Stimmt. Mädels!«, rief sie den Zwillingen zu, die auf dem Fensterbett saßen und mit Apfelessen beschäftigt waren. »Wollt ihr noch Äpfel?«

Sie schüttelten den Kopf, was wohl Nein heißen sollte.

Was sie für ruhige Kinder hat, dachte Wato bei sich, aber wenn ihr Vater Arzt ist, hätte der nicht mal ihre Augen korrigieren können?

»Dann eben nicht«, sagte Magda und schob sich ein Apfelstück im Ganzen in den Mund.

»Was denken Sie«, fragte Wato, »warum hat sie ein Testament geschrieben?«

»Ich habe keinen blassen Schimmer«, antwortete Magda.

»Hatte sie vor irgendetwas Angst?«

»Nein.«

»Nun, wie würden Sie sich das sonst erklären?«

Magda zuckte mit den Schultern.

»Sie verpassen was, wenn Sie die nicht essen, die sind sehr lecker ... Ich weiß es wirklich nicht. Dass sie nicht vorhatte zu sterben, das weiß ich genau. Mehr kann ich Ihnen auch nicht sagen.«

Dong!

»Die Uhr«, sagte Magda beiläufig, »und weiter?«

»Sandro hat Sie, Storchi und Nikolos als ihre Freunde genannt.«

»Das stimmt auch so.«

»War sie sonst mit niemand anderem befreundet?«

»So richtig nicht ... Sie war zu allen normal. Es gab nichts, worüber sie mit jemandem hätte streiten sollen.«

»Wusste Sandro von dem Testament?«

Magda zuckte wieder mit den Schultern.

»Ich glaube nicht. Wie hätte er davon erfahren sollen? Eher nicht.«

»Ma!«, tönte es vom Eingang her.

»Yo!«, rief Magda.

Die Zwillinge hüpften vom Fensterbrett und sprangen dem Gast entgegen. Wie kleine Welpen, dachte Wato.

Die Neuangekommene war ein älteres Mädchen. Etwa im Alter von Watos Verlobter. Sie war zweifellos hübsch, klein und rotgelockt wie Magda, nur war sie mächtig von der Sonne verbrannt und an Nase und Stirn schälte sich die Haut.

»Manana!«, sagte das Mädchen und streckte die Hand aus.

»Wato!«, antwortete Wato.

Magda öffnete den Mund, um etwas zu sagen, überlegte es sich aber anders und machte ihn wieder zu.

»Setz dich doch«, sagte Manana zu Wato. Magda öffnete wieder den Mund und überlegte es sich erneut anders.

»Weißt du was?«, platzte Manana heraus, zog mit einer Hand den Stuhl heran, mit der anderen einen Rotschopf. »Willst du's nicht wissen?«

»Doch, doch«, erwiderte Magda.

»Erstmal bin ich wie eine Verrückte losgerannt ... Mutter war weg und ich hatte verschlafen«, erklärte sie Wato. »Als ich dort angehetzt kam, war noch keiner da ... Stell dir vor« – Manana machte eine theatralische Pause – »sie haben mich abgelehnt!«

»Ach was!« Magda streckte ihren Rücken. »Haben sie auch gesagt, warum?«

»Sie sagten, ich wäre zu klein.« Manana nahm sich den Teller ihrer Mutter und ein Stück Kuchen. Ein Rotschopf saß schon auf ihrem Schoß, der zweite kletterte noch hinzu.

»Stand dort nicht ›Ab achtzehn‹?«

»Nicht vom Alter her zu klein«, antwortete Manana mit schon vollgestopftem Mund, »warte ...« – sie gab mit einem Wink zu verstehen, sie müsse erst hinunterschlucken, und fuhr dann fort – »von der Größe und dem Gewicht her. Ich würde damit nicht fertig haben sie gesagt.«

»So ein Blödsinn«, regte sich Magda auf und zog die Apfelschüssel wieder zu sich heran, »mit wem wirst du nicht fertig werden, es geht doch nicht um Bisons ...?«

»Nicht um Bisons, sondern Pinguine, stimmt's, Manana?«, mischte sich ein Rotschopf ein. »Und ein Pinguin ist ein Vogel, den muss man doch nicht hochheben, oder, Manana?«

»Hast du gedacht«, sagte Manana und biss in das zweite Stück Kuchen.

Die schöne Manana hatte offenbar die Schule abgeschlossen und ihr wurde klar, dass ihr zunächst der Sinn weder nach Studium noch nach Arbeit stand. Sie stieß auf einen Verein, der Freiwillige in verschiedene Länder für verschiedene Tätigkeiten schickte. Manana gefiel es weder, sich um Kinder zu kümmern, noch alte Leute zu bespaßen. Aber Pinguine waren okay.

Wato: »Was für Pinguine?«

Dong!

Magda: »Die Uhr.«

Manana: »Pinguine. Gewöhnliche Pinguine. Ich erklär dir das gleich, Moment ...«

Der Kuchen war alle, Manana ging zu den Äpfeln über.

Offenbar passierte aufgrund der globalen Erwärmung etwas mit dem Eis, was genau – das begriff Manana nicht so ganz, hatte aber auch nicht sonderlich viel darüber nachgedacht. Fakt ist, dass mit dem Eis irgendwas passierte und die Pinguine nicht mehr sicher darauf laufen können. Sie fallen hin.

»So ein Pinguin kann schlecht aufstehen«, erklärte Manana, »er hat ja keine Hände, kann sich nicht aufstützen, und wenn er hingefallen ist, wie kann er dann weiterleben? Der Arme liegt da, zappelt, bewegt die kleinen Flügelchen … also …«

Jedenfalls hatte sich die Organisation entschlossen, Freiwillige in die Antarktis zu schicken, wo sie gestürzten Pinguinen aufhelfen und ihnen so das Leben retten sollten.

»Ich hatte mich sogar richtig beworben«, erzählte Manana, »besorgte mir ein Gesundheitszeugnis, ein Empfehlungsschreiben von Zuhause, von der Schule, was weiß ich … jedenfalls hab ich's zu denen geschickt. Ich sollte hinkommen, und als ich heute dort war« – Manana drehte sich zu einem Rotschopf um – »hieß es: abgelehnt. Verstehst du? Gleich beim Reinkommen lachten sie mich aus. Kannst du dir das vorstellen?«, fragte sie den zweiten. »Genau so, Ma, die saßen da, schauten mich an und lachten. Ich fragte, was es denn zu lachen gäbe. Ob ich schon mal einen Pinguin gesehen hätte, fragten sie mich.«

»Wo hättest du denn einen sehen sollen?« Magda wurde rot vor Ärger und rückte vor. »Wo denn? Und dann?«

»Dann, Ma, stellte sich raus, dass die Pinguine angeblich größer sind als ich und um einiges schwerer.«

»Dann könntet ihr sie doch jeweils zu zweit hochziehen, oder nicht?« Magda winkte schon ab. »Auf die Idee kamen sie wohl nicht?«

»Was weiß ich …« Manana wischte sich den Mund ab und legte die Serviette auf den Teller. »Nun, was weiß ich denn, hm?«, sagte sie zu den Rotschöpfen. Die hoben ratlos die Hände. »Sag ich doch. Weiß nicht.«

Magda lehnte sich im Sessel zurück.

»Dann hat sich's also für uns erledigt mit der Antarktis«, sagte sie leise.

»Ja«, stimmte Manana zu, »da kann ich nichts machen. Sie sagten, wenn ich wolle, würden sie mich ins Konzentrationslager schicken, nach Deutschland, zum Renovieren des dortigen Museums, ob mir das nicht lieber wäre? Kannst du dir das vorstellen?«

»Hättest denen sagen sollen, sie sollen ihre Väter ins Konzentrationslager schicken«, erwiderte Magda.

»Genau das habe ich gesagt und bin gegangen« – Manana setzte die Kinder auf den Fußboden und stand auf. – »Ich hab immer noch Hunger. Möchten Sie Käse und Tomaten?«, fragte sie Wato. »Die sind kalt. Sie möchten nichts? Nun gut... was soll ich machen, Ma. Was hätte ich tun sollen. Irgendwas wird sich schon ergeben, vielleicht. Bis dahin fahr ich nach Nigosa, Elo bringt mir das Schießen bei ...«

»Einen Teufel wird Elo tun«, sagte Magda, »und du wirst einen Teufel tun und nach Nigosa fahren.« Dann drehte sie sich zu Wato um und fragte böse: »Was ist los, Wato? Sind Sie dazu hergekommen, Wato?« Und bevor Wato etwas sagen konnte, sagte sie zu Manana:

»Nigosa hat sich erledigt, Manana. Elo wurde umgebracht.«

Viertes Kapitel

Wato streckte sich ächzend.

Nun ja.

Zunächst mal waren drei Fragen zu klären: Warum hatte die Frau ein Testament geschrieben, wenn sie an keinerlei Krankheit litt und ruhig und friedlich vor sich hin lebte? Warum hatte diese alleinstehende, zumindest einigermaßen hübsche Frau keinen einzigen Mann gehabt? Und warum konnte diese Frau, eine Kindergärtnerin, gut schießen?

Die letzte Frage hätte er sich im Prinzip gleich von Magda beantworten lassen können, aber irgendwas machte ihn stutzig: Magda hatte gesagt, Elo sei umgebracht worden, und alle vier Rotschöpfe – also, drei von ihnen, von denen zwei zu klein waren, wussten doch eigentlich schon Bescheid?! – nein, alle vier fingen dermaßen an zu weinen, als hätten sie die Neuigkeit zum ersten Mal gehört! Wato ging, ohne sich zu verabschieden, sagte weder Danke noch auf Wiedersehen.

Morgen, dachte Wato, morgen frag ich nach, oder ich bekomme heute noch was aus dieser Storchi heraus …

Die Frau – Storchi, Alimbegaschwilis Witwe, deren Tochter ins Kloster gegangen war. Der Name Alimbegaschwili erinnerte Wato an irgendwas, irgendwas aus seiner Kindheit, das ein bisschen legendenumrankt war. Tbilisser Volksüberlieferung, Geschichten von den Jungs auf der Straße … irgendwas war da, wirklich, aber Wato beschloss, dass es nichts bringen würde, in einer zwanzig Jahre alten Geschichte herumzuwühlen.

Sergo gab seinen Rapport ab, auch der war unergiebig: Elisabeth wohnte allein, den Nachbarn zufolge war bei ihr meist nur tagsüber fröhlicher Kinderlärm, und das störte keinen. Es sei ein guter Kindergarten gewesen, die Nachbarn sagten, sie seien auch zu den Feiern eingeladen gewesen. Wato fiel Sandros Tasche ein, der Haufen glänzende Kleider: »Für die Kinder. Ich wollte was für die Feiern nähen ...« Was für ein Elend.

Sergo berichtete ihm ferner, dass in jener Nacht niemand etwas gehört oder gesehen habe. In der Wohnung fanden sich keinerlei Hinweise auf einen Streit. Offenbar hatte Elisabeth ihren Mörder sehr gut gekannt, ihm nichtsahnend den Rücken zugekehrt, vielleicht, als sie in die Küche ging. Auf dem Küchentisch standen zwei Teegedecke.

Das Bügeleisen. Die Mordwaffe wird wohl das Bügeleisen sein. Da gibt es keinen Zweifel ... Das Bügeleisen stand dem schwarzen Sandro zufolge normalerweise auf dem Fensterbrett und wurde zum Beschweren der Kinderzeichnungen benutzt, damit sie nicht zerknitterten. Was die Leute an einem eisernen Bügeleisen schön fanden, erschloss sich Wato nicht. Nun ja, selbst Nato hatte solchen Krimskrams und es stellte sich heraus, dass sie die Zimmer im neuen Haus damit schmücken wollte. Ihr schwebte auch die Verschönerung des Büros vor, sie hatte gesagt, sie werde ein paar Dinge mitbringen. Wahrscheinlich Mörser und Stößel. Schwachsinn. Der einzige Vorteil ist – wenn man das einen Vorteil nennen kann –, dass das Bügeleisen aus Eisen ist, sehr schwer, und Elisabeth auf der Stelle tot gewesen sein muss.

Ungefähr um Mitternacht.

Auf dem Bügeleisen gab es keinerlei Fingerabdrücke. Der Mörder hatte es offenbar gründlich gereinigt. Wato fiel Sandro ein und ihm kam ein Verdacht. Ob der überhaupt was reinigen kann, dachte Wato, sein Gewissen zumindest nicht ... aber was weiß ich, ich weiß nicht so recht ...

Sergo trug alles ruhig und monoton vor, regte sich nur dann auf, als die Befragung von Toma, der Putzfrau, zur Sprache kam.

»Die hat mich total wahnsinnig gemacht«, brüllte Sergo, »meine Nerven! Eine Stunde lang hab ich mit ihr gesprochen und mindestens hundertmal gedacht, ich bring diese Schlampe um ...«

Sergo fing an, obszön herumzufluchen. Toma sei ein Drecksweib und eine Schlampe; wenn er das Recht dazu hätte, würde er sie gleich heute aus Georgien rausschmeißen, und sie sei, verdammt noch mal, unverschämt, hässlich und das allerletzte Dreckstück.

»Wahnsinnig hat sie mich gemacht!«, brüllte Sergo, und Wato konnte im tiefsten Innern ein wenig Freude nicht verhehlen, weil Sergo sonst immer ihn wahnsinnig machte, und nun hatte Toma das mal bei Sergo geschafft. Alle Achtung, Toma!

»Wenn du sie fragen würdest«, regte sich Sergo auf, »war diese Elisabeth ein Engel. Ich so zu ihr: ›Sie haben doch das Haus aufgeräumt und da haben Sie wohl nichts Verdächtiges gesehen?‹ Und sie darauf: ›Nach Kondomen und Spritzen kannst du deine Familie fragen!‹ Ich dachte, hoffentlich beschimpft sie mich ordentlich, dann hab ich gleich einen Grund, sie dazubehalten, kannste glauben!«

Sergo zufolge war das ganze Haus so, als hätte Elisabeth gewusst, dass sie umgebracht würde, und hätte deshalb alles vorbereitet. Aufgeräumt, geputzt, geordnet. Außerdem lagen in der Schublade der Kommode zusammen mit dem Testament und ein paar alten Briefen die Papiere für das Haus und die Datsche, Quittungen, das Telefonbüchlein ...

»Ein Büchlein! Wo hast du sowas zuletzt gesehen?«, fragte Sergo Wato. »Das hatte sie nämlich! Kein Handy. Das Festnetztelefon hatte sie abschalten lassen. Kein Computer. Aber ein Büchlein gab es! Und noch ein Album. Mit verschwommenen Fotos. Selbst meine Großmutter hat keine Fotos mehr eingeklebt. Diese Toma ...« – bei der Erinnerung an sie veränderte sich der Klang von Sergos Stimme – »die erkannte alle. Mutter, Vater, Großmutter... und dann noch die Elisabeth und diesen schwarzen Homo und irgendwelche Freundinnen und rothaarigen Kinder ...«

»Und einen Mann?«, fragte Wato hoffnungsvoll.

»Mehrere. Der Ehemann einer Freundin und dessen Kumpels. Ein Foto gibt es, ein altes.«

Alimbegaschwili und Co., dachte Wato, sinnlos.

»Und was die noch hatte, ich war total von den Socken!«, fuhr Sergo fort. »Einen Lottogewinn! In einem Beutel – in Holzfässern und einem Honigglas aus Großmutters Zeiten – Münzen! In dreißig Jahren Berufserfahrung hab ich nicht so ein bescheuertes Haus gesehen. Und diese Hexe guckt den Schatz an und zuckt nicht mal mit der Wimper, Mann!«

Und dann ging Sergo. Wato öffnete die Fenster. Von der Straße kam drückende Hitze herein. Wato hielt es gerade so zwei Minuten aus, dann schloss er sie, wenig später öffnete er sie wieder. Irgendwie machte ihn der Termin mit dieser Storchi nervös.

Pinguine, Störche ..., dachte Wato, ich hätte mich in die Türkei verdrücken sollen.

Wato wollte ans Meer, aber Nato hatte sich in den Kopf gesetzt, zuerst das Haus in Ordnung zu bringen, dann Hochzeit und dann Türkei. So war ihr Plan – und nun hatte er den Salat. Wann wird dieser Fall bloß enden … Nun, der schwarze Homo hatte ein Motiv und kein Alibi, aber der – ein Mörder?!

Obwohl … aber was weiß ich, ich weiß nicht so recht …, grübelte Wato.

Er schloss die Fenster wieder.

Er hätte gern einen Kaffee gehabt, war aber zu träge, sich welchen zu kochen. Außerdem war die Sekretärin heute nicht da. Sonntags ist das nun mal so.

Pech gehabt, dachte Wato. Dann dachte er, was soll's, nur noch diese Storchi und dann war's das für heute. Vielleicht noch Nato anrufen … oder die Jungs? Nein, Nato. Die wird aber sowieso noch schmollen. Dann bei den Jungs abchecken, was noch so läuft, und dann nach Betania … ach Quatsch, Betania wird nichts, morgen dieser Nikolos …

An der Tür klopfte es laut. Wato zuckte zusammen.

»Herein!«

Storchi. Natürlich Storchi, wer sonst …

Bevor Wato etwas sagen konnte, kam Sergo hereingestürzt, rempelte dabei Storchi aus Versehen an, dachte aber gar nicht daran, sich zu entschuldigen.

»Zu dem Typen geh ich nicht hin!«, protestierte Sergo. »Du kannst dir nicht vorstellen, wie der mich vollgelabert hat! Du hast schon angerufen, stimmt's?« Wato nickte und wollte etwas sagen, aber Sergo ließ nicht locker: »Toma Nummer zwei! Sogar noch schlimmer! Warum kommt er nicht her? Was soll das?«

»Hat Herpes«, sagte Wato »ich hab dir doch gesagt, dass ich selber hingehe.«

»Hab ich vergessen!«, polterte Sergo weiter. »Herpes … und deswegen kann er nicht laufen oder was?«

Bis dahin hatte Storchi schweigend dagestanden, mit hängenden Schultern und langer Nase. »Sie angelt«, so nannte das Eliso. Bei der letzten Frage hob sie den Kopf:

»Herpes ist schrecklich«, sagte sie, »vor allem an den Lippen. Sehr hässlich. Ist doch klar, dass er nicht rausgehen will, was ist daran unverständlich?«

Sergo stand wie erstarrt. Wato gab ihm zu verstehen, er solle gehen. Sergo ging, schaute sich noch einige Male um, sagte aber nichts.

»Entschuldigen Sie«, sagte Wato zu Storchi, »er ist übermüdet. Setzen Sie sich.«

Wato öffnete das Fenster wieder. Als er sich umdrehte, hatte es sich Storchi schon bequem gemacht, aber weder auf dem Besucherstuhl noch an dem kleinen Tisch, sondern in dem einzigen Sessel. Wato war gezwungen, seinen eigenen Stuhl dorthin zu rücken.

»Entschuldigen Sie, dass ich Ihnen nichts anbiete«, sagte Wato, »es ist Sonntag ...«

Storchi nickte.

»Das macht doch nichts. Ich möchte nichts. Danke, dass Sie mich empfangen.«

»Nicht der Rede wert ...«

Wato betrachtete Storchi, Storchi Watos Büro.

Was für eine Frau, dachte Wato, Desigual. So eins hat Nato auch ... Was hat sie da nur am Knie? Was für eine Frau ...

»Ich höre.«

Wato wurde aus seinen Gedanken gerissen.

»Mit Ihren Freunden habe ich schon gesprochen ...«, begann Wato. »Ich weiß, dass Sie dafür jetzt keinen Nerv haben, aber einige Fragen muss ich Ihnen stellen ...«

Storchi sah Wato an, sie wendete den Blick nicht ab. Wato fühlte, dass Storchi ihn hasste, mit einem großen Hass aus tiefstem Inneren, aber den Grund dafür konnte er sich nicht erklären und war deshalb umso nervöser:

»Adresse und so später ...«

Storchi gab ihm mit einem Wink zu verstehen, er solle warten, und kramte aus der Tasche neben ihren Füßen einen dicken Notizblock heraus. Zettel um Zettel holte sie heraus – und eine Karte.

»Hier, meine Visitenkarte.«

Eine Visitenkarte, wow!, dachte Wato, sagte aber nichts, nahm sie nur und schaute darauf. Auf der einen Seite war ein Schwarz-Weiß-Foto, ein Storch auf einem Bein, auf der anderen standen, wie sich das gehört, Name, Adresse und Telefonnummer.

»Das Geburtsdatum steht da nicht. Das werden Sie auch brauchen«, sagte Storchi, »ich schreib es drauf, nein, nein« – sie hob die Hand – »bleiben Sie sitzen, ich hab da was.« – Storchi bückte sich wieder zur Tasche hinunter, ihre Halsketten klimperten auf dem Tisch – »Geben Sie mal her!« – Sie schrieb etwas auf die Seite mit dem Storchi-Bild und gab Wato die Karte zurück. »Hier, bitte.«

»Danke ...« Wato steckte die Karte in die Brusttasche und sah zu Storchi auf. Sie betrachtete ihn wieder. Wato atmete tief durch und fing an:

»Ihre Freundin, Elisabeth, die konnte gut schießen, stimmt's?«

Diese Frage hatte Storchi offenbar nicht erwartet.

»Ja, sehr gut.« Sie verkniff sich ein Lächeln. »Woher wissen Sie das?«

Wato hob die Hand:

»Hab ein Gespräch mitgehört. Bei ihrer Freundin Magda.«

»Ach sooo... ja, sie konnte sehr gut schießen. Jede Walnuss konnte sie vom Baum holen.«

Wato war verwirrt.

»Wie?«

»Ja, selbst wir wunderten uns manchmal, ihr Opa hat es ihr beigebracht, als sie noch sehr klein war, damals schon. Natürlich schoss sie nicht auf Vögel oder andere Tiere, nicht, dass Sie denken!«

»Womit schoss sie denn?«

»Weiß nicht, eher mit Kieselsteinen. Diese Metallkugeln brauchte sie doch nicht. Die Dinger sind wirklich tödlich.«

Wato war verwirrt.

»Schoss sie mit einer Zwiesel ...?«

»Jawohl, mit einer Steinschleuder. Nennen wir sie Zwiesel, wie Sie wollen. Sie konnte auch schnitzen, sie hatte eine selbstgemachte, aber jetzt, gegen Ende ...« – Storchi schluckte – »hat ihr Magda eine echte besorgt. Sie hatte auch Kugeln. Um Misteln herunterzuschießen. Dafür reichen Kieselsteine nicht.«

»Ahaaa«, sagte Wato.

»Die Steinschleuder ist normalerweise in Nigosa«, sagte Storchi, »in der Datscha. Die Kugeln sind vielleicht verlorengegangen, aber die Steinschleuder müsste noch da sein. Wozu brauchen Sie die?«

Wato murmelte irgendwas.

Ein Kaffee wäre wirklich nicht schlecht, dachte Wato mit Bedauern. Damit könnte ich die Pausen überbrücken.

Storchi bedauerte das anscheinend weniger. »Wieso kannst du nie stillhalten?«, hatte sie Magda einmal gefragt, die immer etwas zu tun hatte und ohne Punkt und Komma redete. »Zwei Stunden lang würde ich hier sitzen und mich nicht regen, ich würde kein Wort sagen. Das macht doch keinen Stress. Aber es lässt mich ja keiner in Ruhe, sonst würde ich einfach nur still dasitzen ...« Jetzt saß sie da, schaute ab und zu auf ihre Halsketten, aber mehr auch nicht.

»Gut«, sagte Wato, »damit ist das ja geklärt. Zweite Frage: Wussten Sie von Elisabeths Testament?«

»Nein«, entgegnete Storchi.

»Warum hat sie Ihnen nichts gesagt?«

»Da gibt es doch nichts zu sagen.« Storchi grinste.

»Was denken Sie – warum hat sie es geschrieben?«

»Wie – warum hat sie es geschrieben?« Storchi wirkte verständnislos.

»Na, warum? Soweit ich weiß, oder was ich so hörte, war sie weder krank noch hatte sie Feinde ... Warum hat sie es geschrieben?«

»Ich sag Ihnen mal was«, sagte Storchi, »aber geben Sie mir vorher erstmal einen Aschenbecher oder was Aschenbecherähnliches.« Storchi beugte sich wieder zu ihrer Tasche hinunter und fischte Zigaretten heraus. »Oh, dankeschön. Wo war ich stehengeblieben? Ach ja ... Wissen Sie, ich bin kerngesund und betreibe keine Extremsportarten, aber trotzdem hab ich ein Testament geschrieben. Verraten hab ich das noch niemandem, Sie sind der Erste, der es erfährt. Nicht, dass ich es geheim halten wollte oder Ihnen besonders vertrauen würde. Es kam einfach nicht zur Sprache. Was soll da auch zur Sprache kommen. Ein Testament ...«

»Und warum haben Sie nun eins geschrieben?« Bis jetzt hatte Wato keine Testamentverfasser gekannt. Es interessierte ihn brennend, was Storchi in ihr Testament geschrieben haben könnte, aber die Frage danach verkniff er sich lieber.

»Das ist ganz einfach zu beantworten« – Storchi blies den Rauch in die Luft – »ich habe eine kranke Mutter. Wenn ich sterbe, landet sie in einem Altenheim, wo man sich nicht um sie kümmert, sie beleidigt und auslacht. Das möchte ich verhindern. Deshalb habe ich ein Testament geschrieben. Im Voraus kann man ja nie wissen, wann man sterben wird, stimmt's? Wenn Elo das gewusst hätte, dann hätte sie bestimmt nicht zugelassen, dass sie ermordet wird. Sie hat einfach Vorbereitungen für den Fall der Fälle getroffen, und wie Sie sehen, hat sie das zu Recht getan. Warum hätte sie ihrem Bruder eine Freude machen sollen? Und Sandro wäre sonst nicht berücksichtigt worden. Nur gut, dass sie eins geschrieben hat.«

Wato dachte nach. Storchi drückte den Zigarettenstummel im Aschenbecher aus und sah zu Wato auf:

»Haben Sie noch Fragen?«

Wato holte tief Luft und fing an:

»Eine Sache muss ich Sie noch fragen. Bitte.«

Storchi musste grinsen.

»Dafür bin ich ja hier.«

»Also ...« – Wato blickte betreten auf seine Fingernägel, völlig aus dem Nichts fielen ihm plötzlich Sandros Hände und Fingerringe ein, er schaute weg und fragte mit gesenktem Kopf: »War Elisabeth eine Lesbe?«

Storchi zögerte einen Augenblick, dann lehnte sie sich im Sessel zurück und brach in Gelächter aus.

»Über so was zerbrechen Sie sich den Kopf? Pah!« Storchi amüsierte sich prächtig und spürte sogar einen Anflug von Sympathie für diesen, wie sie später berichtete, »verirrten und geplagten Jungen«.

»Ausgerechnet Elo, diese Schwanzversessene!«

»Wie bitte?«, fragte Wato verwirrt.

»Ach nichts. Verzeihung.« Storchi beugte sich wieder zur Tasche hinunter, rieb sich die Nase und beruhigte sich ein bisschen. »Nein, war sie nicht. Sie war eine normale Hetera. Sie stand auf Männer. Wo haben Sie das denn aufgeschnappt?«

»Was weiß ich ...« Wato dachte, hoffentlich frisst sie mich am Ende nicht auf, und schaute Storchi in die Augen.

»Wissen Sie, alle, die ich aus ihrem Umfeld kenne, sind Homosexualisten.«

»Homosexuelle«, berichtigte ihn Storchi, »aber ganz so ist es nicht. Magda ist hetero. Ich auch.«

»Über Sie will ich nichts gesagt haben«, sagte Wato bemüht, »aber Sandro, und der andere auch ... wie hieß der doch gleich ...«

»Nikolos, die Queen«, half ihm Storchi auf die Sprünge. Sie stellte sich Wato und Nikoliko im Duett am Telefon vor und musste wieder lachen.

»Genau der. Außerdem weiß keiner, oder es verrät mir keiner, mit wem sie ... zusammenlebte. Und irgendwie ... was weiß ich ...«

»Nein«, sagte Storchi, »warum sollten wir das vor Ihnen verbergen. Sie war hetero. Und wie! Aber sie war eben eine Tschaika. Eine gewöhnliche Tschaika.«

Wato war verlegen.

»Was bedeutet das?«

»Was – Tschaika?« Storchi stellte mit Verwunderung fest, dass ihr Wato jetzt zunehmend menschlicher erschien. »Eine Tschaika ... kurz gesagt, eine gewöhnliche Frau, die mit Gays befreundet ist. Sie ist ständig mit Gays zusammen, ist in der Schwulenszene unterwegs und macht Party mit Gays. Selbst ist sie nicht gay, sondern eine Tschaika.«

»Aaah ...« – Wato verstand, hatte aber in Wirklichkeit gar nichts verstanden und grämte sich deswegen.

»Was macht Ihnen Sorgen?«

»Nichts«, sagte Wato bekümmert, »Sorgen hab ich keine, es ist einfach nur etwas unklar ...«

»Was denn?«

»Na, diese Sache« – Wato suchte nach Worten und fand keine, seine Gedanken kreisten ständig um zwei

Worte: »inkorrekt« und »homophob« – »das, was Sie gesagt haben.«

Wato quälte sich sehr.

»Ich dachte, es ist völlig klar«, sagte Storchi.

Storchi hatte die Beine übereinandergeschlagen, die Ellbogen auf den Tisch gestützt und sprach weiter, nun eine Oktave tiefer:

»Wissen Sie, was jede Frau möchte, die die Vierzig überschritten hat, keine idiotischen Heiratspläne verfolgt und nicht dumm und hässlich genug ist, um die Unzulänglichkeit ihres Daseins zu ertragen? Das wissen Sie nicht, stimmt's? Nein, natürlich wissen Sie das nicht. Ich sag's Ihnen. Jede Frau – ich rede von Frauen und nicht von biologischen Einheiten weiblichen Geschlechts – jede Frau möchte mit einem Mann zusammen sein. Sie will nicht dem Mann gehören, oder dass er ihr gehört, sondern mit dem Mann zusammen sein. Sie will mit dem Mann in Klubs gehen und ins Kino zu ›Harry Potter‹, mit ihm in den Urlaub fahren, in die Sauna gehen, sonst wohin, was weiß ich. Will mit dem Mann essen und sich saumäßig betrinken. Oder denken Sie, nur Männer können sich saumäßig betrinken? Nee, nee, junger Mann! Wenn dieser Mann im Leben der Frau die Männerfunktion erfüllt – das ist dann schon Liebe, die Tür zum Paradies hat sich geöffnet; aber glauben Sie mir, mein Guter – einer Frau meines Alters kann man sogar Lügen glauben –, sowas passiert sehr selten. Deswegen tun Frauen alle die Dinge, die ich aufgezählt habe, mit verschiedenen Männern. Mit einem leben sie zusammen, mit einem anderen philosophieren und feiern sie, und Sex haben sie mit noch einem anderen, üblicherweise ein-, zweimal, langweilig und sinnlos. Nein, mein Guter, ich sag nicht, was Sie jetzt denken. Diese Frauen leiden wirklich nicht unter Orgasmusmangel. Jeder Orgasmus einer Frau, mein Freund, ist Ergebnis ihres eigenen Fleißes und nicht der besonderen Wertigkeit des Mannes, und die von mir beschriebenen Frauen sind sehr fleißige Leute. Elisabeth war genau so eine Frau. Und sie wollte mit einem Mann zusammen sein, aber mit den Männern, mit denen sie, wie Sie es nannten, zusammenlebte, konnte sie sich nirgends blicken lassen, sie waren gemein, charakterlos, asozial oder hatten Familie. Wenn Sie mich fragen, waren das Bastarde. Wir lernten sie nicht kennen, weil es nicht nötig war. Sind Sie schon mal in der illegalen Druckerei in Awlabari gewesen? Obwohl ... warum sollten Sie, Sie sind ja viel zu jung. *Iskra* ist Ihnen sicher kein Begriff, oder? Wie soll ich Ihnen das erklären ... Stellen Sie sich vor, Sie würden ständig im Untergrund leben. Hätten Sie da Spaß dran? Nicht so richtig, oder? Elisabeth auch nicht. Sie wollte Spaß, Tanz, hatte Freude an Fernreisen und Sandros selbstgemachten Spaghetti. Deshalb war sie eine Tschaika. Sie war mit den Männern zusammen, die sie liebte und die sie liebten. Sie war eine glückliche Frau. Wer mit wem Sex hatte und wer mit wem herummachte – da können Sie überzeugt sein, das ist überhaupt nicht von Belang. Wen kümmert's. Genausowenig, wie Sie meine erotischen Fantasien was angehen und mich die Eigenheiten Ihres Sexuallebens. So ist es und so bleibt es. Und noch was will ich Ihnen sagen: Elisabeth wurde nicht von einem Schwulen umgebracht. Schon gar nicht von Sandro. Sandro bringt niemanden um, nicht mal aus Notwehr. Davon abgesehen hat er Angst vor Toten, und das ist kein Getue, sondern eine Phobie. Er ist krank. Wenn man ihn in die Enge treibt, kann es sein, er bringt sich selbst um, aber sonst niemanden. Und dann noch mit dem Bügeleisen. Überlegen Sie mal. Die Tatsache, dass er schweigt, beweist nur seine Treue. Das interessiert Sie wahrscheinlich nicht, aber denken Sie mal nach: Vielleicht ist jene Nacht nicht allein Sandros Geheimnis? Und Sandro – das sagte ich Ihnen ja schon – tut keinem Menschen etwas zuleide. Schon gar nicht einem geliebten.«

»Er war bei einem Mann?« Wato horchte auf.

»Mein Guter, was spielt das Geschlecht für eine Rolle?« Storchi richtete sich auf und legte die Handflächen auf den Tisch.

»Ist nur ein Mann ein Mensch?! Da hab ich so viel geredet und alles umsonst ...«

Fünftes Kapitel

Sie saßen da und warteten. Keiner sprach. Sie saßen und warteten, dass der Gastgeber aus dem Bad käme.

Der hatte es nicht eilig.

Nikolos war Eile nicht gewohnt.

»Dieser Moment gehört mir«, pflegte er zu sagen.

Es war noch heißer, stickiger geworden. Bei Nikolos war es heiß. Von der Tür des Gemeinschaftsbalkons wehte kein Lüftchen, nur das Geschrei im Hof spielender Kinder und das Quietschen der Rädchen einer Zugwäscheleine war zu hören – jemand hängte wohl gerade Wäsche auf.

Binnen drei Minuten wird sie knochentrocken sein, dachte Sandro.

Das Haus war Nikolos' ganzer Stolz, und es herrschten eigene Gesetze. Strengstens verboten waren das Essen von Sonnenblumenkernen, endloses Telefonieren und das Mitbringen fremder Personen, außerdem unerlaubtes Annähern an den Computer und Herumschnüffeln im Kühlschrank.

»Nun?« Der Gastgeber zog die Augenbraue hoch und der Gesetzesbrecher sagte sofort zu seinem Gesprächspartner am anderen Ende der Leitung: »Ich ruf dich später zurück.«

»Nun?«

Nikolos. Er war herausgekommen. Sie schauten zu ihm hoch. Nikolos, alias Nikoliko, alias Die Queen ließ seinen Blick über die anwesende Gesellschaft schweifen.

Wow, dachte Nikoliko.

Einzig Manana war fröhlich. Sie hatte es sich im Sessel bequem gemacht, blätterte in einem dicken Album mit erotischen Fotografien, sang halblaut irgendetwas vor sich hin und quälte ihren abstehenden, winzigen Zopf.

Die restlichen Anwesenden wirkten nervös.

Magda kramte in Nikolikos Schmuck herum. Sie schaute kurz zum Gastgeber und ging dann weiter ihren Beschäftigungen nach: Sie steckte einen Ring an jeden Finger, dann ließ sie ein Streichholz abbrennen, dann fing sie an, irgendeinen Edelstein zu putzen. Magda konnte die Hände überhaupt nicht stillhalten, sie durchwühlte die Schmuckschatulle in absurder Schnelligkeit und gab dabei noch seltsame Geräusche von sich, schmatzte mit den Lippen und murmelte ab und zu etwas vor sich hin.

Sandro ... Sandro tigert herum, dachte die Queen. So war es auch.

Auf einem uralten, zerknautschten Pouf, der mit Nofreteteköpfen bedruckt war, saß Storchi. Sie hatte den Rock fast bis zur Taille hochgezogen und fummelte an ihrem aufgeschürften Knie herum. Die Wunden von gestern, dachte Nikoliko.

»Hey du, warum bist du angezogen wie für deine eigene Beerdigung?«, fragte er Storchi.

»Ich war beim Verhör«, Storchi lachte, »bin selber hingegangen.«

»Warum ist er nicht zu dir gekommen?«, fragte die Queen verwundert.

»Na klar«, erwiderte Storchi, »zu meiner Mutter, tolle Idee.«

»Tjaaa... Ich hab ihn hierher zu mir bestellt.«

»Ja«, bestätigte Sandro, der jetzt zusammengekauert an der Wand saß, »ich weiß. Er hat mich angerufen, ich hab ihm den Weg erklärt. Er hat bloß absolut nicht kapiert, wo du wohnst.«

»Weil er erst das zweite Mal im Wera-Viertel ist«, sagte die Queen.

»Oder das erste Mal.« Storchi grinste.

»Nein, das zweite Mal. Beim ersten Mal hat er gar nicht mitgekriegt, dass er im Wera-Viertel ist.«

Wieder herrschte Schweigen.

Magda, die zuletzt nur noch leise geschnieft hatte und mit dem Entwirren von Nikolos' verhedderten Ketten beschäftigt gewesen war, sagte plötzlich mit schriller Stimme: »Los, erzähl!«

»Ja«, sagte Nikolos und wandte sich an Sandro, »setz dich und fang an!«

Sandro setzte sich folgsam neben Magda und fing an: »Dieser Mistkerl hat Elos Papiere durchwühlt ...«

»Was besseres hätte er gar nicht machen können«, sagte die Queen grinsend.

»Hast du gedacht! Er hat ihr Testament gefunden!«

Nikolos sah Storchi an.

»Wirklich?«

Storchi nickte.

»Ja, sieht so aus.«

»Uiii...«, Nikolos war sichtlich verwundert, »Junge, vielleicht sollte ich auch eins schreiben ... Und was hat er gesagt, was drinsteht?«

»Tja, er sagte, dass –« Sandros Kinn zitterte.

»Sei still!«, fuhr Storchi ihn an. »Da stand, alles, was sie hat, soll Sandro gehören. Dimitri kann sich Nigosa in den Arsch schieben und den Rest bekommt ihr Sandro.«

Wieder herrschte Schweigen.

»Die gute Elo«, sagte Nikolos leise.

Plötzlich fing Sandro an zu heulen und stürzte hinaus auf den Balkon.

»Komm rein, Junge!« Nikolos sprang auf. »Mach mir die Nachbarn nicht verrückt!«

»Guck doch mal in den Spiegel«, sagte Storchi verärgert. »Was soll die noch verrückt machen! Und überhaupt, verbrenn diese Hosen! Und die Pantoffeln gleich mit ...«

»Nein, gib sie lieber mir« – Manana schlug das Album zu und streckte den Rücken – »ich bin ein Mädchen und ich bin jung ...«

»Und frech«, sagte Magda und wandte sich wieder Nikolos zu. »Wenn du ihr die gibst, zieht sie die an und ich bring dich um.«

»Habt ihr außer den Pantoffeln gerade keine Sorgen?« Sandro kam zurück und mischte sich gleich ein. »Aber ich sag euch, mit mir ist es aus! Der sperrt mich ein und ich bring mich um!«

»Du und Selbstmord!« Nikolos beruhigte ihn. »Das schaffst du nicht ... los, fang an, erzähl! Wie lange sollen wir noch warten?«

»Da gibt es nichts zu erzählen.« Sandro setzte sich. »Jedenfalls hat er die Leute befragt. Die Nachbarn. Die sagten, sie habe allein gewohnt und ein junger Mann sei öfters zu ihr gekommen. Also ich.«

Nikolos ärgerte sich. »So ein Schwachsinn!«

»Dann hat er im Geschäft gegenüber gefragt, was sie für eine Frau gewesen sei, und die haben auch gesagt, sie habe einen jungen Mann gehabt. Also wieder mich.«

»Hey«, ereiferte sich Magda, »ich frag mich echt – sind diese Leute dumm oder was?«

»Sagst du ...« – Nikolos zuckte mit den Schultern – »Und dann?«

»Dann hat er mich gleich dort befragt, an Ort und Stelle! Daneben im Zimmer die tote Elo, verdammte Scheiße, und der fragt mich, wer ich sei, woher ich komme, was ich wolle, wo ich wohne, dann zieht er das Testament raus, gleich dort! Hab ihr sowas schon erlebt, Leute?! Und der fragt mich doch im Ernst, was ich an seiner Stelle denken würde!«

»Was hast du ihm gesagt?« Die Geschichte hörte auch Magda zum ersten Mal.

»›Haben sie dir ins Gehirn geschissen oder was?‹, hab ich gesagt.«

Storchi ließ von ihrem Knie ab und sah Sandro an.

»Hast du das wirklich so zu ihm gesagt, du Dummkopf?«

»Was weiß ich, was ich zu ihm gesagt habe! Was hätte ich denn sagen sollen? Ich sagte, er solle mich gehen lassen, sonst würde ich durchdrehen – das hab ich gesagt. Und draußen stand auch noch Toma ...«

»Die Gute!«, stimmte Storchi ein.

»Und als ich anfing zu kreischen, ging ein fürchterlicher Tumult los.«

»Hat Toma ihm nicht gesagt, wer du bist?«, fragte Nikolos.

»Weiß nicht. Ich nehme an, dass sie es ihm gesagt hat. Als ich ging, ist Toma noch dort geblieben, und bei der Labertasche da« – er zeigte Richtung Storchi – »kommt sowieso keiner zu Wort!« Sandro musste lachen. »Wow, was die bloß alles rausgelassen hat!«

»Die Gute!«, wiederholte Storchi.

»Nun gut«, sagte die Queen. »Für wann bist du bestellt?«

»Weiß nicht«, antwortete Sandro. »Er sagte, er ruft mich an. Ich soll mein Handy nicht ausschalten. Seine Nummer hat er mir auch dagelassen. Wenn dir was einfällt, ruf mich an, hat er gesagt. Als ob ich den anrufen würde!« Sandro wurde wieder wütend. »An den Haaren sollte man diese Elo herzerren! Testament, pah!«

Nikolos schaute zu Storchi.

»Was schaust du mich an?«, fragte Storchi. »Der Bekloppte da« – sie zeigte in Sandros Richtung – »kam schnurstracks zu mir, dann hab ich diesen Wachtang oder Wato oder wie der Typ heißt, angerufen, der ging zu Magda und später stand ich bei ihm auf der Matte.«

»Will er dir was anhängen?«

»Was denn?« Magda ergriff das Wort. »Ich hab noch nie erlebt, dass jemand wegen seiner Anteile an einem Kindergarten umgebracht worden wäre ...«

Die Queen lächelte boshaft. »Zumal unser Storchilein sooo ein tolles Alibi hat ...«

»Ach, halt den Mund«, sagte Storchi und schüttelte den Kopf, »erinnere mich nicht daran ...«

Manana, die während des gesamten Gesprächs still dagesessen hatte, wurde plötzlich hellwach:

»Was? Was? Was?«

Storchi machte den Mund auf, aber Nikolos kam ihr zuvor.

»Dafür bist du noch zu klein. Und überhaupt« – er schaute Magda streng an – »was soll das Kind eigentlich hier?«

»Ich bin volljährig«, erklärte Manana und streckte die Brust raus. »Ich habe alle Bürgerrechte, sogar Wahlrecht.« Sie schaute Magda an. Die nickte und gab ihr zu verstehen, sie solle weiterreden. »Und überhaupt, immerhin hat Eliso mich aufgezogen! Sollte ich da nicht Bescheid wissen? Und warum Dimitri Nigosa kriegt, versteh ich sowieso nicht, das finde ich echt schade und ...«

Nikolos hob die Arme.

»Lass gut sein ... volljährig ... Gut, damit hätten wir das geklärt.«

Sandro war da anderer Meinung.

»Gar nichts habt ihr geklärt. Überhaupt nichts. Was soll ich nur machen?«

»Ich sag's dir« – Storchi drehte sich zu Nikolos um – »warte … damit kriegst du das nicht an … hier« – Storchi blies den Rauch in die Luft, schlug die Beine übereinander und begann: »Also gut, der Typ will den Fall möglichst schnell abschließen. Okay. Es ist Sommer, der Mann will ans Meer, hier ist noch 'ne tote Frau. Das hat ihm gerade noch gefehlt. Und siehe da: Gleich am ersten Tag, wenige Stunden nach dem Mord, taucht dieses komische Geschöpf dort auf … Sei still! Du kannst das nicht erzählen, also sei still und lass mich das machen! Mannomann … Jedenfalls kam er aus freien Stücken, außerdem ist er ein Schwuler, über den erzählten alle diesem … Junge, wie hieß noch mal der stinkende Typ?«

»Welcher?«, fragte Sandro leise.

»Der mit dem flachen Schädel.«

»Sergo.«

»Genau, Sergo. Irgendein Stiefellecker, was weiß ich. Auch so ein Homophober.«

»Ist unser Wachtang auch homophob?«, fragte die Queen boshaft.

»Nein« – Storchi hatte Rauch in die Augen bekommen und fächelte mit der Hand herum – »nein, der ist einfach nur ein Arschloch. Jedenfalls haben sie dem Sergo erzählt, und das stimmt ja auch, dass mein guter Sandro die ganze Zeit bei Elo rumhing, und was sie ihm sonst noch erzählt haben, weiß der Geier.«

»Was hätten sie ihm denn erzählen sollen?« Sandro ergriff das Wort.

»Ach verdammt!« Magda sprang auf. »Das Handy!«

»Welches Handy?«, fragte Nikolos verwundert.

»Das liegt im See«, beruhigte ihn Sandro, »oder schwimmt darin. Elo hat sich dort mit mir gestritten und es weggeschmissen. Sie dachte, es wär meins.«

»Ach so, gut.« Magda setzte sich wieder.

»Was hat das damit zu tun?«, fragte die Queen verwirrt. »Ich versteh gar nichts mehr ... Ach so, wegen Elos Anrufen? Den Teufel werden sie herausfinden. Das war ein Geschenk von Gaga. Läuft auf Gagas Namen. Was wolltest du sagen, Storchi?«

»Dann hat er ihn gefragt, wo er wohne. Er hat ihm sogar erzählt, er sei ein armer Obdachloser ...«

»Er würde es sowieso herausfinden«, sagte Sandro, »dazu gehört nicht viel.«

»Ja«, erwiderte Storchi, »und vom Heldentum deiner Mutter wird er auch erfahren, wart's nur ab ... also, mein Nikoliko, pass auf, wie gut das klingt: Obdachlos ... oder besser gesagt: Vater – drogenabhängiger General, Mutter – verfault im Casino, schlimmer geht's nicht. Obdachloser Gay-Boy – mit seinen Worten: Schwuler – schleimt sich bei irgendeinem gelangweilten Weibsbild ein, bringt sie dazu, ein Testament zu schreiben, und tötet sie. Er erbt alles. Sandro, lass mich ausreden! Oh ja! Außerdem benimmt er sich absolut inadäquat, wie ein Verrückter, wie willst du dem Polizisten erklären, dass der da eine Phobie hat und ein Irrer ist. Was weiß der blöde Sandro schon von Anwalt, dem Recht zu schweigen und so ... So sieht's aus.«

Wieder waren alle still. Die Queen sah sich wieder unter den Versammelten um. Jetzt schaute ihn auch Manana an, mit offenem Mund.

»Wo hast du dich gestern eigentlich rumgetrieben?«, fragte die Queen Sandro.

»Zuhause«, sagte Sandro, ganz leise, dann räusperte er sich, »ich war bei meiner Mutter, sie war nicht da. Ich war zuhause. Wer glaubt mir das schon?«

»Niemand«, pflichtete Nikolos ihm bei, »noch nicht mal ich.«

»Pah!«, sagte Magda plötzlich.

»Hä?« Nikolos drehte sich zu ihr um.

»Ach nichts ...««

Wieder Schweigen.

»Hast du ihm gesagt, dass du zuhause warst?«

»Ja.«

»Dummkopf.«

Schweigen.

»Ich geh jetzt«, meldete sich Magda zu Wort, »die armen Zwillinge. Manana, du erzählst mir dann alles, ja?«

»Mach ich«, antwortete Manana, »aber ist es nicht noch ziemlich früh?«

»Nein, ich hab auch noch was zu erledigen ...«

»Na gut.«

Nikolos richtete sich auf und fing an, mit dem Fuß nach seinem Pantoffel zu angeln.

»Bleib sitzen.« Magda winkte ab. »Ich zieh die Tür hinter mir zu. Und weißt du was?« Sie wandte sich an Storchi. »Du kannst so lange bleiben, wie du willst. Ich sag Toma Bescheid, dass sie gehen kann, nehme die Zwillinge mit und dann passen wir auf deine Mutter auf. Die Zwillinge sind sowieso total müde und werden beizeiten ins Bett gehen.«

»Du bist ein Engel«, sagte Storchi sanft. »Ich schulde dir was.«

»Schon gut«, sagte Magda und lächelte sie an, »ich geh dann mal. Macht's gut!«

Sie schauten Magda hinterher.

»Warum hatte sie es so eilig?«, fragte Storchi. »Sie hat wohl was Wichtiges zu tun ...«

»Mit ihr stimmt was nicht«, seufzte Manana.

»Mieze!«

Wie eine Porzellanstatue saß Margalita an der offenen Balkontür, hatte den Schwanz um ihre Vorderpfoten geringelt und kniff die Augen zu. Die Nachbarin Sina kam in Pantoffeln die Treppe heruntergeschlurft und versuchte, einen Blick ins Zimmer zu erhaschen. Storchi wollte sie grüßen, aber die Queen gab ihr zu verstehen, sie solle das lassen.

»Die ist gestraft«, erklärte er Storchi, »vor kurzem komm ich nachhause, und dieses Mistvieh« – er warf einen Blick Richtung Katze – »frag sie mal, für wen sie sich hält!, hat irgend 'nen Hofkater angeschleppt, mit zerfledderten Ohren, heruntergekommen, du kannst dir nicht vorstellen, wie der aussah, einfach ... Na, was guckst du so!«, rief er Margalita zu, die ihrerseits nur die Augen zumachte, »Schlampe ... Sie brachte ihn mit, na schön, so ein Scheiß, aber sie ließ diesen Bettler auch noch bei sich fressen! Für all das Katzenfutter hab ich einen Kredit aufgenommen!«

Storchi amüsierte sich.

»Hast du Alfons aufgerissen, Margalitchen?«

Das war Margalita zuviel, sie stand auf, dehnte sich – Vorderpfoten, Hinterpfoten, rosa Zunge – und ging träge auf den Balkon hinaus.

»Na, geh doch, geh!«, rief Nikolos ihr hinterher. »Dieses Mistvieh ... Ja, du Mistvieh, hab ich immer wieder gerufen, und kommt da nicht die Sina angeschlichen? Die Sina, auch so ein Luder. Hat nicht mal angeklopft, stell dir das mal vor! Steckte einfach ihren Kopf rein. Ich so: Is' was? Sie so: Oh, ist da 'ne Katze? Sie war beleidigt. Stell dir das mal vor!«

»Heyhey!«, sagte Storchi vergnügt. »Sie dachte, sieh an, hier gibt's einen Haufen stattliche Jungs! Jaja, die Sina!«

»Luder ...« murmelte die Queen.

Vom Hof drang Kinderlärm herauf: »Raus bist du, raus bist du!« Storchi erinnerte sich an ihren eigenen Hof, ihren und Magdas und Storchis, und es war ihr, als könne sie einen Abzählreim hören, Elo zählte:

Opa kam gelaufen,
kam mit einem Körbchen,
in dem Körbchen lagen
Schminke, Döschen, Düftchen,
Spitze, Bändchen, Schühchen ...

Ach, wenn uns mal jemand so einen Korb geben würde, das wäre toll, stimmt's, Storchi?«, sagte Elo einmal sehnsüchtig, und Storchis Vater hatte mitgehört und sagte am nächsten Tag zu den Mädchen:

»Mensch, hinter unserem Wasserhahn ...«

Und hinter dem Wasserhahn stand ein Korb, mit einer Papierbanderole, und auf der Banderole stand geschrieben: »Für die Mädchen – von Papa!« Und was nicht alles darin war: Bänder, Spitze, roter Mohn ...

»Du ...«, Storchi schüttelte sich, »Manana ...« Sie sah an Sandro vorbei und sagte: »Ich bitte dich, ich geb dir Geld, renn mal runter. Aber erst in fünf Minuten, wenn die Sina weg ist. Gebt mir was zu trinken, sonst sterbe ich, wirklich ...«

»Bist du verrückt geworden?« Sandro spuckte vor Aufregung. »Du hängst wieder an der Flasche, stimmt's? Na prima!«

Aber Nikolos, allgegenwärtiger Zeuge, Allesversteher, der allwissende Nikoliko stand auf und legte Manana die Hand auf die Schulter.

»Du brauchst nicht runter zu gehen.« Dann wandte er sich an Sandro: »Junge, hat dich einer was gefragt?«

Storchi blickte mit gesenktem Kopf zur Seite.

»Ich hab alles da, Storchi«, sagte die Queen. »Und ich will auch was. Sowas wie letzte Nacht brauch auch ich nicht noch mal. Und« – er wandte sich erneut an Sandro – »dir kann es auch nicht schaden. Du bist auch nicht ganz klar im Kopf, weißt du? Ich komme gleich und wir stellen alles hin, was hüpfst du so nervös rum? Eliso wird's nicht mehr jucken.«

»Genau«, stimmte Manana zu, »du bekommst einen Anwalt und alles, und ...«

»Den Lügendetektor nicht vergessen«, sagte die Queen lachend, und bevor er durch die Tür entschwand, drehte er sich zu Manana um:

»Trinkst du auch was, du Volljährige?«

»Coca-Cola«, sagte Manana und grinste.

Sechstes Kapitel

Storchi schaute aus dem Fenster. Eine Krähe setzte sich auf einen Tannenzweig, sehr gekonnt, in ihrem Schnabel hatte sie etwas Glänzendes.

»Sie muss es verstecken«, sagte Storchi und ließ dabei den Vogel nicht aus den Augen. »Einmal, irgendwann vor zwei Jahren, hat sie am Fenster in der Ecke schon mal was versteckt. Ich weiß nicht genau, ob es dieser Vogel war oder ein anderer, aber eine Krähe war es auf jeden Fall ... Sie hat mich nicht gesehen. Sie lief hin und her, sprang dann herüber und tat etwas in die Ritze, flog wieder auf den Ast um von dort zu schauen, ob sie es auch ordentlich versteckt hatte. Als sie weggeflogen war, hab ich das Fenster geöffnet und ihre Beute gestohlen.«

Storchi schaute Manana an.

»Aha. Na und?«

»Gestohlen hab ich's. Gerafft. Weil ich Müll bin. Jawohl. Wozu brauchte ich das. Es war Müll – Silberpapier aus einer Zigarettenschachtel.«

»Guck mal«, sagte Manana zu Storchi, »sie hat gehört, was du gesagt hast, und ist weggeflogen. Sie versteckt es woanders.«

Storchi nickte, stand plötzlich auf und fing an, im Regal zwischen den Büchern nach etwas zu suchen.

»Hier müssen irgendwo Zigaretten sein«, sagte Storchi. »Eine Notreserve. Wenn sie keiner rausgekramt hat ... Ah, hier.«

Storchi setzte sich, drückte an der Zigarette herum, stand wieder auf und tigerte im Zimmer hin und her. Manana beobachtete sie.

»Einen Aschenbecher«, sagte Storchi entschuldigend.

»Den hast du rausgebracht«, erinnerte sie Manana, »als du in die Küche gegangen bist. Warte, ich hol ihn.«

»Nein, nein, schon gut« – Storchi verzog das Gesicht, als hätte sie Zahnschmerzen – »ich weiß gerade wirklich nicht, wo mir der Kopf steht.«

»Ich, ich hol ihn!« Manana stand schon an der Tür.

»Nein, hab ich gesagt!« Storchi nahm eine pseudochinesische Vase vom Regal herunter. »Dann wird Mutter reinkommen und sehen, dass es mir nicht gut geht ... Soll der Typ doch noch mal anrufen, was ist daran so schwer?«

»Du hast die Kippe falsch herum«, sagte Manana, »zünde sie nicht an! Au Mann ...«

Storchi nahm die Zigarette aus dem Mund, schaute sie feindselig an und warf sie in die Vase hinein.

»Super Idee ... Diese Leute machen mir Angst, Manana. Ich fürchte mich. Ja, du Nichtsnutz« – sagte Storchi und seufzte – »wirklich sehr.«

»Soll ich Gaga anrufen?« Manana hatte eine Aufgabe gefunden und freute sich.

»Nein, die melden sich von selbst. Wer weiß, was dort läuft.«

»Was nützen dir diese Glimmstängel?« Manana fiel es schwer, einfach nur sinnlos herumzusitzen. »Soll ich runtergehen?«

Storchi hatte nicht hingehört.

»Wenn sie ihn einsperren, dreh ich durch«, sagte Storchi. »Wenn sie ihn auch nur zwei Tage lang einsperren, werde ich verrückt. Ich werde wirklich wahnsinnig.«

»Warum sollten sie ihn einsperren«, platzte Manana heraus. »Was hat er denn getan?«

»Was spielt das für eine Rolle ... vielleicht für's Rumspazieren auf Straßenbahnschienen? ... was weiß ich ...«

Storchi nahm einen tiefen Zug von einer neuen Zigarette und streckte sich auf der Liege aus. Die Nachmittagssonne schien erbarmungslos, und Manana fielen zum ersten Mal Storchis zahllose Falten auf, die weißen Ansätze der schwarzen Haare, die schlaffe Haut an den Armen.

Sie ist alt geworden, dachte Manana.

Storchi schloss die Augen.

»Weißt du«, sagte sie mit immer noch geschlossenen Augen, »es gibt eine Stadt, die heißt Solikamsk ...«

»Soli-was?« Manana versuchte zu scherzen.

»Was, was, Tintenfass!« – Storchi grinste – »Kamsk. Solikamsk. Das ist in Russland. Am Arsch der Welt. Zweihundert Kilometer von Perm entfernt, Perm ist noch Ural, jenseits des Kama. Jedenfalls war ich mal dort.«

»Auf dem Kama?«

»Nein« – Storchi, die Augen immer noch geschlossen, schüttelte den Kopf – »in Solikamsk. Ich bin von Moskau nach Perm geflogen, von dort ging's mit dem Zug weiter.«

»Weswegen?«

»Ja, warum wohl?« Storchi öffnete die Augen und streckte den Rücken. »Weil dort, im Belyi Lebed, mein Kerl saß.«

»Der Alimbegaschwili?« Mananas Neugier war erwacht. »Und dann?«

»Ein toller Name, oder? Dass dieser Ort Belyi Lebed – Weißer Schwan – heißt ... in Orenburg gab es angeblich einen Schwarzen Delfin.«

Storchi zog wieder an der Zigarette. »Die haben's echt drauf, die Russen. Es hieß ... – Nein, ich muss das mit 'nem Schuss Romantik erzählen! – Es hieß, die Wände seien aus weißen Ziegelsteinen, und deshalb hieße es so, und ganz früher habe im Hof ein weißes Schwanendenkmal gestanden. Schwäne – im Gefängnis. Im Käfig – Nachtigallen ... Ha, wie war ich?«

Storchi war in Fahrt. Wir haben's überlebt, dachte Manana.

»Aber das stimmte offenbar gar nicht«, fuhr Storchi fort, »später hat mir Gaga erzählt, dass die Leute dort nach vorn gebeugt herumlaufen, guck, so, mit langem Hals und gesenktem Kopf, die Hände haben sie auf dem Rücken verschränkt. Die ›Schwan-Haltung‹.«

»Ist das woanders auch so?«

»Keine Ahnung ...«

»Wegen was hat dein Mann gesessen? Oder Kerl ...« Manana interessierte die Antwort auf diese Frage brennend.

»Nicht wegen was – weswegen«, berichtigte sie Storchi. »Wegen Literaturplagiats werden sie ihn wohl kaum eingesperrt haben, solltest du wissen ... er saß eben.«

»Lange?«, hakte Manana nach.

Storchi grinste boshaft:

»Er sitzt dort heute noch« – sie sah Manana an – »er ist dort gestorben. Er wurde umgebracht.«

»Und dann?«

»Und dann – was?«

»Als du dort hingefahren bist«, erinnerte sie Manana.

»Ja ... damals dachte ich, dass ... ach, was weiß ich, was ich dachte. Ich war eine Rotznase und hatte noch nicht begriffen, was da passierte. Ein bisschen romantisch war's ja auch – Dekabristen-Ehefrauen und so. Ich dachte sogar, er könnte fliehen. Er würde nachts vor der Tür stehen, müde, schmutzig, aber todesmutig! Er wird zu mir kommen, hatte ich gedacht und, was weiß ich, irgendwelchen anderen Unsinn ... Von dort konnte noch nie irgendjemand fliehen. Niemals. Ein Ort ohne Zukunftsaussichten. Aus Rassocha ist er entkommen, aber aus dem Weißen Schwan – keine Chance ... Dieser beschissene Weiße Schwan ...« – Storchi schlug die Hand vor den Mund – »Entschuldigung. Vor ein paar Jahren war dort Jubiläum.«

»Von deinem Mann?«

»Na, von wem wohl? Na klar, ganz bestimmt ... spinnst du? Vom Weißen Schwan natürlich. Siebzig Jahre. Kein Scherz, wirklich. Meine Schatzimutter« – sie deutete zur Tür – »hatte den Fernseher an und ich hatte gerade irgendwas zu tun, bügeln oder so, au Mann, da wurde berichtet: ›Zur Feier des siebzigjährigen Bestehens des Weißen Schwans ...‹ Ich traute meinen Ohren nicht! Unglaublich! In Wirklichkeit heißt es ›Besserungskolonie mit Sonderregime in der Stadt Solikamsk‹. Irgendeine Nummer. Erst hatten sie dort die Politischen eingesperrt, und die Priester und Mönche, Opium fürs Volk« – Storchi schloss wieder die Augen – »die hat man dann irgendwohin umgesiedelt und Verbrecher reingesteckt. Es existiert heute noch, ich hab dir ja gesagt, seit siebzig, seit mehr als siebzig Jahren ... Jetzt sind dort die Lebenslänglichen.«

»Denkst du, da sind auch Frauen dabei?«

»Mensch, darüber hab ich auch schon nachgedacht ...« – Storchi sah zum Fenster hinaus – »keine Ahnung ... Selbst zu unserer Zeit wusste ich nicht, ob da welche waren oder nicht. Damals hab ich mich nicht dafür interessiert. Weißt du, was sie damals hatten? Das EZTZ – Einzelzimmer Typ Zelle, so hieß das, wo die

Mafiosi gefoltert wurden. Der Gangsterboss Wassja Brillant ist dort gestorben. Das hast du nicht gewusst, stimmt's ... woher auch ...«

Manana sprang auf: »Das Telefon klingelt!«

»Ha, na endlich!«

Solange Manana den Hörer in der Hand hielt, sagte Storchi kein Wort. Manana selbst hatte auch nicht viel zu sagen, »Aha ...aha ...«, mehr nicht. Dann rief sie »mein Guter« und wandte sich strahlend Storchi zu.

»Schluss! Es scheint, als hätte dieser Wato es geschluckt, wir sind aus dem Schneider! Sandro und Gaga werden gleich bei uns vorbeikommen, zack, zack, und wir fahren an den See! Sie rufen kurz an, bevor sie kommen und ...«

»Uff ...« Storchi atmete auf. »Na endlich! Die haben vielleicht meine Nerven strapaziert ...«

Manana lächelte.

»Ihr macht mich wahnsinnig«, sagte Storchi, schaute auf ihre Zehen, wackelte mit ihnen und stand auf. »Überhaupt nichts kapiert ihr ... Wo sind meine Schlappen, noch nicht mal das weißt du, stimmt's? Na gut ... was gibt's da zu lachen? Mutti! Die ist auch taub. Mutter!«

Storchi war zur Tür gegangen und drehte sich noch einmal um.

»Ihr macht mich verrückt. Ihr macht das hier nur, um die arme Storchi durcheinanderzubringen.« Storchi sah in den Spiegel. »Wie sehe ich denn aus. Das macht mich auch verrückt.«

»Wer noch?«

»Nicht wer – was« – Storchi öffnete die Tür – »der Spiegel. Und überhaupt« – Storchi drehte sich wieder um – »nur deine Mutter konnte auf so eine Schnapsidee kommen. Sandro und Gaga. Was soll das? Wie kann man nur auf so eine Idee kommen?«

»Was willst du denn, es ist doch aufgegangen!« Manana kicherte. »Dieser Watato ist bestimmt total durchgedreht. Gaga und schwul ...«

Auch Storchi musste lachen.

»Sag bloß ... Lady Gaga! Wow! Bloß gut, dass dieser kleine Wato so dermaßen dumm ist. Wato ... Wato, der Ermittler, oder? Was ist das für ein Typ?«

Manana hatte sich endlich wieder eingekriegt und sagte: »Weißt du, dass Magda sich mit mir gestritten hat? Ich hätte kokettiert mit ihm.«

»Verarsch mich nicht!«

»Kein Scherz! Sie ist völlig verblödet. Klar, hab ich von Anfang an mit ihm kokettiert.«

Storchi wurde plötzlich wütend.

»Manana, ich erwürg dich gleich!«

»Jetzt dreh du nicht auch noch durch!«, erwiderte Manana ebenso erbost. »Woher sollte ich denn wissen, dass das der Untersuchungsbeamte ist?«

»Na und, stehst du überhaupt auf solche Typen?«

Storchi goss auch noch Öl ins Feuer!

»Hör doch mal auf, Storchi!«, sagte Manana beleidigt. »Was ist in dich gefahren? Oh, Sandro ruft an! Wahrscheinlich sind sie schon da! Na los, Beeilung!«

Storchi seufzte, drehte sich aber beim Rausgehen noch mal um: »Ich bring dich um, Manana!«

Siebtes Kapitel

»Nicht dass uns der noch draufgeht.« – Gaga schaute zu Sandro, der sich am Seeufer ausgestreckt hatte.

Gaga, Storchi und Manana hatten im Schatten des einzigen großen Baumes Zuflucht gesucht.

Es war heiß.

Der Baum hieß Sulfia. Baumart: unbekannt. Eliso meinte, es sei eine Eberesche, aber das hatte sie einfach so behauptet, obwohl es gar nicht stimmte. Sie mochte das Wort – »E-ber-e-sche!« Auch den Namen Sulfia hatte Eliso ihm gegeben, irgendwann, als Sandro und Manana noch nicht mal auf der Welt waren. Warum gerade Sulfia – das weiß keiner.

Als Magda, Storchi und Eliso noch klein waren, erzählten sie einander unter dem Baum fürchterliche Geheimnisse. Im Sommer, wenn es heiß war. Sie merkten sehr schnell, wann die Badesaison eröffnet war: Wenn der Asphalt rund um den Wasserhahn im Hof so weich geworden war, dass man mit den Fingern daran klebenblieb, wussten alle – das Wasser im See ist warm genug, man kann baden gehen. Für ein paar Kopeken setzten sich die Mädchen in die Straßenbahn und fuhren an den See, und keine Allee der Gipspioniere, keine Eisdiele, kein Reifentrudeln interessierte sie. Sulfia! Sulfia war wie ein Abenteuer.

»Dumme kleine Wildfänge«, sagte Elisos Mutter manchmal.

Gaga blickte zu Sandro und war beunruhigt.

»Er wird noch draufgehen.«

»Nein«, sagte Storchi, »der ist immer so. Der und Eliso benehmen sich immer wie die Irren. Die juckt nichts. Im Sommer ist ihnen nicht heiß, im Winter frieren sie nicht ... Der Gewinner der Bräunungsmeisterschaft kriegt Hautkrebs ...«

Gaga hörte nicht zu.

»Ich glaube, er ist eingeschlafen.«

Manana stand auf.

»Soll ich ihn wecken?«

»Lass ihn doch, den Armen«, antwortete Storchi.

»Er verbrennt doch, Mensch! Mach das ruhig, mein Schatz«, sagte Gaga zu Manana, »stups ihn mal an.«

»Bleib hier.« Storchi richtete sich stöhnend auf. »Haltet euch die Ohren zu!« Sie riss ihren riesigen Mund auf: »Sandroooo!«

Sogar von hier war zu sehen, dass sich Sandro zu Tode erschrocken hatte.

Storchi legte sich wieder hin.

»Schreist du öfters?« In Gagas Stimme schwang Respekt mit. »Was für eine Stimme aus dir rauskommt ...«

»Ich schreie nie. Außerdem ist das nicht Schreien, sondern Rufen.«

»So so, Rufen heißt das.«

Manana fing an zu kichern.

»Was gibt's da zu lachen, du Dussel?«

Sandro näherte sich. Er konnte sich kaum auf den Beinen halten.

»Ist dir heiß geworden, Süßer?«, fragte Storchi.

»Nein, mir war langweilig.« Sandro setzte sich in ihre Nähe, wieder in die Sonne, und bewunderte die Übergänge zwischen weißer und gebräunter Haut auf seinem Körper. »Ich seh ja aus wie Naomi Campbell! Noch ein bisschen Sonne und dann ...«

»Wieviel denn noch, Mensch« – Storchi reckte sich – »au Mann, tut das gut ...«

Manana verglich ihren Arm mit Sandros.

»Frieden für die Welt – kleiner Schwanz dem Krieg!«

»Woher hast du das?« Gaga musste lachen.

»Das muss sie von Elo haben«, antwortete Storchi. »Stimmt's? Wusste ich's doch, von ihr kann ja nichts Kluges kommen ...«

»Warum?«, sagte Manana, »was gibt es an Kikwidse auszusetzen?«

»So ein Quatsch!« Storchi winkte ab.

»Was ist denn mit Kikwidse?«

Gaga mochte Manana sehr. Er hatte sogar manchmal schon gedacht, schön wär's, wenn sie seine Tochter wäre. Na gut, es geht nichts über ein eigenes Kind, aber Manana mochte er einfach – vom Äußeren her und auch so. Er erinnerte sich: Als er Elo erzählt hatte, wie toll er Manana fände, war das Gespräch ausgeartet – Elo hatte ihn fast umgebracht, ihn seitdem ständig einen pädophilen Bastard genannt. Aber sie tat ihm Unrecht. Gaga hegte keine derartigen Gefühle für Manana – er mochte sie einfach nur.

»Na und? Was ist dabei?«, hatte er Elo damals gefragt.

»Nein«, war ihm Elo ins Wort gefallen, »nicht mal Komplimente sollst du ihr machen. Hast du kapiert? Ich bring dich um«, und hatte hinzugefügt: »Wenn sie dich mögen sollte, mach ich dich kalt«, und ihn mit einem Gesichtsausdruck angeschaut, dass Gaga wusste, sie meinte es wirklich ernst.

Gaga nickte.

»Und? Was ist nun mit Kikwidse?«

Darauf hatte Manana nur gewartet.

»Moment!« Sie ging in die Sonne und setzte sich auf ein Bein von Sandro, der ausgestreckt auf dem Bauch lag.

»Zieh den Arsch ein, Mädel!«, empörte sich Sandro.

»Reiß dich zusammen!«, schimpfte Storchi.

»Schrei nicht so, ich bitte dich!«, rief Gaga erschrocken.

Manana bekam nichts mehr mit – sie sang:

»Kikwidse reitet auf dem Pferde ... Hü!« Sie stieß Sandro mit dem Knie – »auf seinem stattlichen Falken ...« – sie wedelte mit den Armen wie mit Flügeln – »er kam heraus aufs Feld ... Hü, sag ich! Mit neun Wunden in der Brust ...«

Sandro sprang auf und warf sich auf Manana.

»Nieder mit Kikwidse!«, rief Sandro. »Unser Roter General hat den Feind besiegt!«

»Ich bin Kikwidse, Blödmann!« Manana lachte und versuchte sich zu befreien. »Ich bin der Rote! Du bist der Weiße!«

»Wer soll der Weiße sein?«

»Hat sie sowas etwa auch den Kindern beigebracht?«, fragte Gaga Storchi.

»Nein«, sagte Storchi, »das nicht. Aber andere Dinge bestimmt ... Na los, Manana! Bring den schwarzen Schwulen um die Ecke!«

»Ich verklage euch in Den Haag! Oder in Straßburg oder sonst wo ... Faschisten! Guck dir die an, die ist bissig!«

»Was macht ihr das schon aus ... Ist das ein Problem für sie oder was?« Gaga war sehr neidisch auf ihre gesunden Zähne.

»Nehmt Abschied von Manana!«, rief der siegreiche Sandro. »Es war ihr Schwanengesang!«

»Idioten!«, sagte Storchi.

Manana stand stöhnend auf und wechselte in den Schatten.

Sandro legte sich wieder auf den Bauch.

»Ein Irrer«, sagte Storchi.

»Du, Storchi« – Manana ließ ein paar Haarsträhnen nach vorn fallen und fing an, sie zu flechten – »apropos Schwan ... was du mir da erzählt hast ...«

»Was hast du ihr erzählt?«, fragte Gaga interessiert, »deine und Elos Heldengeschichte? Dumme Gänse ...«

»Erzähl's ihm schon, Storchi, bitte«, bettelte Manana, »na los!«

»Warte doch mal ...« Storchi wand sich verlegen.

»Ich erzähl es dir«, sagte Gaga und schaute Storchi scheel an.

»Ach lass doch ...«

»Erst fängst du an und dann?« Manana ließ nicht locker.

Gaga trank Wasser aus der Flasche und verzog das Gesicht – »Bääh, das ist ja warm!« – und begann zu erzählen:

»Diese Geschichte handelt davon, wie sich zwei Genies, Storchi und Elo, entschlossen, die zwei schlauesten und tollsten Mädchen namens Storchi und Elo zu sein. Dieses Genie« – er zeigte auf Storchi – »ließ ihr Kind, die kleine, schwache, arme Niniko, na, bei wem wohl? – beim zweiten Genie, Eliso. Eliso, die nicht mal in der Lage war, auf sich selbst aufzupassen, sollte sich um ein einjähriges Kind kümmern; sie nahm es mit ins letzte Kaff, in ihr Nawosa ...«

»Nigosa«, berichtigte ihn Storchi, »und das ist überhaupt nicht das letzte Kaff.«

»Ach so, nein, es ist Miami Beach«, mischte sich Sandro ein, »ich war ja mal dort. Es ist das Letzte. Wasser – Fehlanzeige, Toilette – am Arsch der Welt; ich musste immer mit klappernden Topfdeckeln rumlaufen, wegen der gefährlichen Schlangen und Blindschleichen ... außerdem gab es keinen Strom, so war das eben während der Revolution, in ihrer wilden Jugend.«

»Junge, du Perestroika-Bastard, schau her ...« Storchi streckte die Brust raus.

»Was denn, war's nicht so?« Sandro kniff für alle Fälle die Augen zu, zog die Achseln hoch und verbarg den Kopf zwischen den Schultern. »Fass mich bloß nicht an, ich hab Sonnenbrand, das tut weh.«

»Warte, warte« – Manana warf den mäuseschwanzdünnen Zopf zurück – »und dann?«

»Dann« – Gaga musste lachen und dachte, was für ein liebes Mädchen sie doch ist und fuhr fort – »niemandem haben sie auch nur irgendetwas gesagt. Weder den Jungs noch sonst jemandem.« Er schaute Storchi an. »Dumme Gans.« Storchi sagte nichts. »Elo nahm das Kind mit und wir wussten, dass auch ihre Mutter dort war, und die da, Storchi, war auch frische Landluft schnuppern: Die Schlaubergerin hatte sich eine Fahrkarte nach Moskau besorgt, dann eine weiter nach Perm – ist sie nicht ein tolles Mädel? – und fuhr dann schön mit dem Zug nach Solikamsk. Allein. Sie hatte niemandem etwas erzählt, außer Elo. Und die sagte ihr – war ja klar – mach es so, fahr, denn wenn du denen was sagst, werden sie dir nur kluge Ratschläge geben und dich nicht fahren lassen, und so stahl sich unsere Storchi davon.«

Storchi wollte etwas sagen, überlegte es sich aber anders.

»Was ist?«, fragte Gaga. »War es nicht so?«

Storchi schwieg und starrte auf den See.

»Nun, wie alt warst du da?«, fragte Manana.

»Ungefähr in deinem Alter«, erwiderte Storchi leise.

»Und dann?« Jetzt schaltete sich auch noch Sandro ein. Er hatte genug von der Sonne, rutschte an Gaga heran und schaute ab und an verstohlen zu Storchi. Die bemerkte das nicht.

»Dann fuhren wir nach Nigosa rauf, um diesen Dummkopf und das Kind abzuholen ...«

»Und du, um Elo zu sehen, stimmt's?« – Manana strahlte Gaga an – »Du hast Elo doch gemocht?«

»Du, Rotznase ...«, setzte Storchi an.

»Ja«, sagte Gaga, »ich mochte sie sehr. Aber ... ach, vergiss es.«

»Also gut« – Storchi wandte dem See den Rücken zu – »ich hab ein Ticket gekauft, Studententarif – zum halben Preis. Das war ein Flug, dann bin ich mit dem Zug weitergefahren. Und bin in dieser blöden Stadt ausgestiegen. Es war Nacht. Wer weiß, wie ich ausgesehen habe ... also, ich hab mich für eine Heldin und ein tolles Mädchen gehalten, dachte, dort gibt es Sümpfe, armselige Hütten, in denen Intellektuelle wohnen, die wegen ihrer politischen Ansichten umgesiedelt worden waren, und es wird mich in Gottes Namen schon jemand beherbergen ... Nein, falsch gedacht! Das ist eine Stadt, abgeranzt, aber immerhin eine Stadt, es gab sogar ein Hotel, genauso abgeranzt. Ich wurde zusammen mit irgendwelchen Frauen untergebracht, die sich Sehenswürdigkeiten anschauen wollten.«

»Was gibt's denn dort zu sehen, wenn du nicht von allen guten Geistern verlassen bist – die Zone?« Sandro kannte die Geschichte, aber so detailliert hatte sie ihm bisher niemand erzählt, und ein bisschen kränkte ihn das: Er – Sandro – hatte das nicht gewusst ... wie erniedrigend.

»Angeblich gibt es welche. Irgendwelche Kirchen und Klöster.« Storchi stand auf. »Es gibt immer was zu sehen. Du ...« – sie wandte sich an Gaga – »wollen wir nicht mal nachhause fahren?«

»Wart mal! Und dann? Erzähl erstmal fertig.« Manana bückte sich nach Storchis T-Shirt und verbarg es hinter dem Rücken. »Und dann?«

»Tja ...« – Storchi schaute zu Gaga – »er hat ja recht. Ich bin eine Idiotin. Dann, am nächsten Tag, ging ich raus, das Gefängnis war mitten in der Stadt, an der Hauptstraße. Es gab eine Straßenbahn, Pioniere mit Luftballons und so. Ich dachte, ich geh da rein, er wird sich freuen wie verrückt, ich werde Fotos von Niniko vor ihm ausbreiten und darf sogar nachts bei ihm bleiben, oder sie lassen ihn für eine Nacht raus ... Ich hab sogar Adschika-Aufstrich mitgenommen. Alte Angewohnheit, wenn's auf Reisen geht.«

»Er ist bestimmt ausgeflippt, als er dich gesehen hat, oder?« Mananas Augen glänzten.

Storchi schaute Gaga an.

»Sie ist genauso bescheuert«, sagte Gaga. »Wahrscheinlich sind wirklich alle Frauen bescheuert ... Was meinst du, was hat er wohl gesehen, Mädel, wen?«

»Sie haben mich nicht reingelassen«, erklärte Storchi der erstarrten Manana, »sie haben mich ausgelacht und zum Teufel geschickt. Was ich auch gesagt habe, geweint hab ich, geheult – es nützte alles nichts. Sie haben mich ordentlich ausgelacht, ließen aber nicht mit sich diskutieren. Sie sagten, ich solle mich zum Teufel scheren und fertig.«

Manana schaute Gaga an. Der zuckte mit den Schultern. Storchi fuhr fort:

»Jedenfalls ... Gib mein T-Shirt her, Mädel! Jedenfalls, als ich zurückkam ... insgesamt war ich fünf Tage auf Achse, stell dir vor ... Was sie mir dort erspart haben, haben mir dann Gaga und Konsorten angetan, mich fertiggemacht ... Gequält haben sie mich, Elo den Rest gegeben...«

Storchi zog ihr T-Shirt über und starrte wieder auf den See.

»Ja«, sagte sie, »Elo haben sie den Rest gegeben.« Dann wandte sie sich an Sandro: »Junge, lass keine Flaschen und Kippen liegen, mach mir keine Schande, Naomi Campbell …«

Im Auto war es unvorstellbar heiß. Storchi setzte sich vorn hinein.

»Ich geh kaputt«, beklagte sie sich bei Gaga.

»Hör mal«, sagte Gaga nachdenklich, »wer zum Geier war doch gleich dieser Kikwidse?«

»Welcher Kikwidse?«, fragte Storchi verwundert.

»Na, über den Manana gesungen hat …«

»Keine Ahnung … Manana!«, rief Storchi Manana zu, die, auf Sandros Arm gestützt, den Sand von ihren Fußsohlen putzte. »Wer zum Geier war doch gleich dieser Kikwidse?«

»Keine Ahnung«, antwortete Manana, »ein roter General, oder?«

»Aha«, sagte Gaga und ließ den Motor an, »na los, los, Beeilung!«

Achtes Kapitel

»Im Kühlschrank sind Pfirsiche, insgesamt drei Stück, in einer Tüte, könntest du vielleicht ...?«

»Kein Ding!«, antwortete Storchi. »Bringst du sie oder soll ich sie holen?«

»Ich bring sie schon. Mit der Tüte geht's.« Nikoliko stand auf und trank sein Glas in einem Zug aus. »Das ist warm geworden. Warte, ich bring auch Eis mit.«

»Wenn du willst ...«

»Nein, nein, bleib sitzen, Süße. Ich hol es selber.«

Schön ist es bei Nikoliko, dachte Storchi, keiner geht einem auf den Geist, keiner will was ... Meine Güte, toll ...

Storchi gähnte geräuschvoll, streckte sich und ließ ihre Halswirbel knacken.

Elos akkurater Einschätzung zufolge war Nikolos, die sehr gefährliche Queen, ein ästhetisches und romantisches Wesen. Nikolos glaubte, Schönheit würde die Welt retten, und war überzeugt davon, dass irgendwann eine große, große Liebe käme. Nikolos liebte seine Heimat sehr und blieb – unzähligen Verlockungen zum Trotz – unerschütterlich im Wera-Viertel, in seiner Wohnung, die er von über viele Jahre angehäuftem Geld gekauft hatte.

»Ich gehe nicht weg aus meiner Heimat, noch nicht mal aus dem Viertel, Süße«, hatte Nikolos zu Eliso gesagt, »Grünflächen sind mir total egal. Eine Queen wie ich kommt sowieso nicht ins Grüne ... Schau mal, was soll ich woanders, nenn mir zwei Gründe!«

»Dort ist es ökologisch sauber«, vermutete Eliso, die sich am wenigsten um Umweltschutz scherte.

»Das schon«, pflichtete die Queen ihr bei, »und der zweite Grund?«

Das »Queen'sche Prinzip der zwei Gründe« war unumstößlich.

»Du«, sagte er einmal zu Eliso, als er während einer dreitägigen Reise nicht ein Wort der Widerrede von ihr vernommen hatte, »ich hab dich doch wohl nicht unterdrückt? Vielleicht möchtest du was anderes essen oder gerade jetzt nicht ans Meer fahren, also warum sagst du nichts?«

»Ach was!«, antwortete Eliso. »Das erste Mal weiß ich zu schätzen, dass mal jemand anderes die Entscheidungen trifft! Weißt du, wie gut das tut?«

»Na gut, das war ein Grund.« Die Queen ließ nicht locker. »Und der zweite?«

»Zweitens ... egal, was du mir vorschlägst, das geht für mich alles in Ordnung«, erwiderte Elo.

Nikoliko dachte nach und sagte dann: »Sehr gut!«

»Und was nun?« Nikoliko brachte einen mit Eis gefüllten kleinen silbernen Eimer.

»Meine Güte, wo hast du denn dieses wundersame Ding her?« Storchi schaute leicht befremdet auf den Eimer.

»Aus einem Hotel. Hab ihn mitgehen lassen«, sagte Nikoliko grinsend, »ist aber nicht aus echtem Silber.«

»Na und« – Storchi streichelte den Eimer, sie genoss die Kälte und legte auch die andere Hand darauf – »er ist sehr hübsch.«

»Deswegen hab ich ihn auch mitgehen lassen« – die Queen steckte die Hand in den Eimer und holte ein paar Eisstücke heraus – »pardon, Süße. Hab keine Zange.«

»Also bitte, ja ...«

Storchi begann die Pfirsiche zu schälen, Nikoliko jedoch lehnte sich zurück und schaute ihr aufmerksam zu.

»Hey«, hob Nikoliko an, »lass uns jetzt wirklich mal einen Plan machen.«

»Ja.« Storchi nickte.

»Warum sollten wir ihn nicht anzeigen? Nun, ich bin nicht dafür, ihn anzuzeigen« – Nikolos musste lachen – »wirklich nicht. Aus einem Grund: Unsere gute Erziehung lässt sowas nicht zu.« Er hob den Finger und sah zur Decke: »Wie das schon klingt: Kollaborationismus!«

»Das stimmt.« Storchi nickte erneut.

»Gut. Das haben wir geklärt. Und der zweite Grund?«

Storchi legte das Messer beiseite, warf die Schalen in die Tüte, band die Tüte oben zu ... Sie handelte bedächtig. Nikoliko wandte keinen Blick von ihr. Storchi machte ihre Hände sauber, nahm eine Zigarette, zündete sie an, stieß den Rauch aus und richtete ihre Augen auf die Queen.

»Ich hab auch einen zweiten«, sagte Storchi, »und einen dritten.«

Nikoliko schaute sie immer noch unverwandt an.

»Dieser Mann ...«, hob Storchi an, »jedenfalls hat sich Eliso nicht gut benommen ... oder besser gesagt ...« – Storchi hob die Hand – »warte mal, Niko. Ich muss kurz überlegen.«

»Mach das, nur zu.« Nikoliko zog den mit Pfirsichen gefüllten Teller näher heran, betrachtete ihn und schob ihn wieder von sich.

»Nein« – Storchi schüttelte den Kopf – »ich möchte wirklich nicht. Komm, es ist für dich ... Jedenfalls, Scheißebauen ist das eine, aber dann sollte man sich wenigstens nicht erwischen lassen. So viele Krimis hab sogar ich gelesen. Der ist nicht der Typ, der Spuren hinterlassen hätte. Und falls doch, sagt er einfach: Ach, stimmt ja, vor einer Woche war ich dort. Was, da war niemand anderes? Das Bügeleisen? Was weiß ich, wahrscheinlich hab ich es mal angefasst, ich erinnere mich nicht. Und was dann?«

Nikoliko aß nicht, er hörte nur zu.

»Ja, und dann, na gut, dann geschieht ein Wunder und sie erwischen ihn ...«, fuhr Storchi fort, »sie werden ihn nicht einsperren. Er ist verrückt.«

»Ich versteh nicht«, sagte Nikoliko, »was heißt hier verrückt? Alle Mörder sind Verrückte ...«

»Nein, er ist ein gewöhnlicher Verrückter – mit Diagnose. Ich kenne zwar diesen Krankheitskodex nicht, aber eines weiß ich schon: Wenn jemand eine Untauglichkeitsbescheinigung hat, muss er zwangsweise in Behandlung. Also, die Gesundheit von dem ist mir total schnurz, kannste mir glauben.«

»Warte mal« – Nikoliko beugte sich vor – »ist er wirklich verrückt oder nur zu verrückt für den Armeedienst oder sowas?«

»Nein, wirklich.« Storchi feuchtete einen Finger an und sammelte die auf dem Tisch verstreute Asche in den Aschenbecher. »Irgendwas Manisch-schizophren-Abgefucktes. Eine Psychose oder sowas.«

»Oha!«, entfuhr es der Queen. »Und dann hatte Elo was mit ihm? Was wollte die mit ihm?«

»Warte mal!« Storchi richte sich plötzlich auf. »Meinst du etwa, das war so ein Mann-Frau-Ding?«

»Was sonst?«, fragte Nikoliko verwundert.

»Nein, Süßer!« Storchi drückte die Zigarette aus. »Nein. Nicht so ... Sowas spielte mit rein, aber es war nicht die Hauptsache. Am Anfang mochte Elo ihn wirklich, sie war zügellos, beinahe verliebt. Aber dann war es eine rationale Sache. Sagen wir – ein Geschäft ... und es gab einen zweiten Grund ...«

»Das wäre dann am Ende der vierte.«

Storchi stockte wieder. Nikolos schaute abwartend.

»Jedenfalls ...« Storchi blickte Nikolos fest an. »Was gibt es vor dir zu verstecken? Jedenfalls hat Elo ihm übel mitgespielt. Und zwar nicht nur so, sondern wirklich übel.«

Nikoliko schob sich ein großes Stück Pfirsich in den Mund und dachte nach. Storchi rauchte und schaute zu dem Rosenstrauß, der auf dem Buffet stand.

Was für ein Mann, dieser Nikoliko, dachte Storchi, woher hat er bloß die Kristallvase?

Die Queen kam zur Besinnung und goss ein, dann griff er wieder in den Eimer.

»Jetzt trink das und fang an, von vorn. Es war einmal ... und dann?«

Storchi trank, verschlang ebenfalls einen Pfirsich, leckte sich die Finger ab und fing an:

»Also, es war einmal die Lisa von meinem Lado – du erinnerst dich doch an Lado-Lisa, oder? Ja. Jedenfalls bekam Lisa ein Stipendium für Amerika, für die Universität in Auburn. Dort gab es offenbar ein großes Archiv über das sogenannte Russische Imperium, und Lisa – mit ihrem Lado-Patriotismus – interessierte sich für das Zeitgeschehen. Es gab dort Bücher, Papiere, Manuskripte und Fotos, und Lisa entdeckte vier Fotos. Solche, die auf Glasplatten sind, aber nicht diese Daguerreotypien, sondern irgendwie andere. Die sind auch nicht so wertvoll. Kennst du diese Fotos, die beinahe erotisch wirken: Mädchen in Strumpfhosen vor einem Fahrrad, mit einem Pudel auf dem Arm, was weiß ich ...«

»Ja, wie das eine vergrößerte, das bei Elo hing? Im großen Zimmer ...«

»Ja, genau! So ein Foto meine ich. Jedenfalls, bei den vier Fotos oder Glasscheiben, die Lisa entdeckt hatte, war in die Ecke eingeritzt: Babi. Auf Georgisch. Auf dem von Elo steht das auch.«

»Echt? Hab ich noch gar nicht gesehen.«

»Ja. Lisa ist zwar keine große Georgischexpertin, aber lesen kann sie. Sie freute sich über ›Babi‹ und schrieb Lado, was Sache war. Lado wurde natürlich neugierig und meinte, Lisa solle sich ein bisschen ins Archiv vertiefen und schauen, was es damit auf sich habe. Lisa fand nicht viel heraus, nur, dass diese Fotos überhaupt nicht russisch waren, sondern europäisch, und dass sie einer gewissen Babilina Esakia gehört hatten. Weiß der Geier, ob Babilina drauf ist oder ob sie sie gemacht hat ...«

»Auf Elos Foto ist eine tolle Frau drauf.«

»Ja, wirklich eine tolle Frau. Du weißt das Wichtigste noch nicht: Ende der 1910-er Jahre – genau weiß ich es nicht mehr – ging die Schwester von Lados Großmutter, Babilina Esakia, von Zuhause weg und ...«

»Du verarschst mich! Die war es?«

»Klar, Mann.«

»Boah ...«

»Lisa hat ein paar Groschen bezahlt und Kopien von den Fotos bekommen, mit dem großen Versprechen, sie niemals ohne Einverständnis des Archivs, Quellenangabe und sowas zu verwenden, und schickte sie Lado. Nur so zum Spaß. Und Lado erkannte die Oma. Das Foto, das bei Elo hängt, hat er vergrößert und Elo geschenkt, bevor er wegging, er hat auch hinten noch was auf Russisch draufgeschrieben, ›Der Freundin zur Erinnerung an schwere Tage‹. Was wissen die schon in diesem Archiv und wozu braucht man diese Rechte ...«

Telefonklingeln ließ beide zusammenzucken.

»Ich hätte nicht gedacht, dass auf dem Festnetz überhaupt noch jemand anruft«, meinte Storchi.

»Ich hab mein Handy abgeschaltet«, erklärte Nikoliko, »es muss einer von unseren Leuten sein.«

Während Nikoliko draußen im Schlafzimmer irgendwas am Telefon zu klären hatte, goss Storchi sich ein.

Ich werde wieder dem Suff verfallen, dachte sie verzweifelt, dagegen ist kein Kraut gewachsen ...

»Guten Tag«, sagte sie zum zurückgekehrten Nikoliko, »ich bin Storchi. Ich bin Alkoholikerin.«

»Prost, Storchi!« Nikoliko stieß mit ihr an. »Ärgerlich«, sagte er dann, »tut man Eis rein, ist es zu wässrig, tut man keins rein, ist es zu warm, das Rumgerenne nervt auch ... Willst du nicht wissen, wer es war? Manana, der Nichtsnutz. Sie hat gefragt, wozu Storchi überhaupt ein Handy braucht.«

»Hat es etwa geklingelt?«, fragte Storchi besorgt. »Hab ich gar nicht gehört.«

»Ich auch nicht. Wie auch. Du hast es zuhause liegenlassen.«

Storchi ließ den Kopf hängen.

»Das macht mich fertig.«

»Das ist es nicht, was dich fertigmacht. Was anderes macht dich fertig: Manana bleibt heute Nacht bei dir. Hach, die wird quasseln! Sie hat von Sandro ausrichten lassen, er würde nicht noch mal bis in den achten Stock hochlaufen, und er ist zu Magda gegangen.«

»Du« – Storchi hob den Kopf – »hat man dir nicht gesagt, wann sie uns ins Haus reinlassen? Und wann sie uns Elo ...ähm ... zurückgeben?«

»Das kriege ich alles raus«, sagte die Queen. »Das soll nicht deine Sorge sein. Erzähl lieber weiter!«

»Was?«, fragte Storchi.

»Na, von Lados Oma.«

»Ach sooo ... lange Geschichte.«

»Na und. Wir haben es nicht eilig. Manana ist doch bei deiner Mutter.«

Storchi nickte.

»Na, dann erzähl weiter.«

Storchi verschränkte die Arme im Nacken und begann:

»Es war einmal ein kleines Mädchen namens Babilina, das lebte in Tbilissi, im Sololaki-Viertel. Babi war hübsch, aber ein bisschen dumm.

Eines Tages eröffnete in der Nähe ein Telegrafenamt. Ein Telegrafenamt war zu jener Zeit eine große Sache, und der Telegrafist war der Größte. In diesem Telegrafenamt war der Telegrafist – zusätzlich zu der Tatsache, dass er Telegrafist war – ein junger vorzeigbarer Mann, und Babi war von ihm sehr angetan. Sie verliebte sich in ihn.

Um ihn oft sehen zu können und auch von ihm gesehen zu werden, schickte Babi jeden Tag Telegramme in die Ferne, an ihre Tante Olia nach Osurgeti. Das war für ihre Verhältnisse zwar nicht gerade billig, aber trotzdem schickte sie Telegramme über Telegramme. Sie gaukelte der Tante vor, sie seien vom Vater, in Gedichtform verfasst: ›Liebe Ola, es schreibt Dir Kola‹ – sowas in der Art. Schwachsinn eben. Natürlich ging Babi jedes Mal sorgfältig zurechtgemacht ins Telegrafenamt, ja, generell brezelte sie sich mächtig auf.

Eines Tages fragte der Telegrafist Babi, ob sie mit ihm ins Hinterzimmer gehen wolle, er würde ihr zeigen, was wie funktioniert. Babi sagte natürlich ja. Sie gingen ins Zimmer. Dort gab es nichts, was hätte funktionieren können, es stand absolut nichts drin. Der Telegrafist umarmte Babi und gab ihr einen Kuss, einen richtigen, auf die Lippen, und sagte zu ihr, Babi, ich liebe dich und wenn du mich auch liebst, schicke ich morgen meine Familie zu deinem Vater Kola und halte um deine Hand an.

Da geht also unsere Babi die Straße runter, ihr Herz singt vor Freude ... Zuhause jedoch erwartet sie irgendein Theologiestudent und Papi Kola sagt, so, Babi, der wird dein Ehemann.

Nachts legte Babi sich hin, und als alle schliefen, stand sie auf und stahl sich davon. Sie schlich aus dem Haus und schaffte es – trotz ihrer Dummheit – bis nach Osurgeti zu fliehen. Sie dachte, von dort aus könne sie ein Telegramm auf die Reise schicken, dass ihr Bursche sie abholte und sie sich vermählen würden ... Sowas in der Art dachte sie sich. Aber Tante Olia tat etwas Schreckliches: Das Telegramm ging zwar auf die Reise, aber nicht zu dem Burschen, sondern zu Papi Kola, und Babi floh erneut. Diesmal nach Batumi. Dort fand sie ebenfalls irgendeine Verwandte, eine alleinstehende Witwe, und ließ sich bei ihr nieder. Sie schickte ein Telegramm an ihre Familie, macht ihr euer Ding und ich mach meins, und an den Burschen auch eins, ich bin hier, Liebster, und er antwortete, dort solle sie auch bleiben.«

»Machst du Witze?«, fragte Nikoliko Storchi. Die Queen mochte es nicht, wenn Schwache und Dumme auf die Art unterdrückt wurden, wie Elo zu sagen pflegte, »hart, aber gerecht«.

»Nein«, sagte Storchi und schüttelte den Kopf, »den genauen Wortlaut weiß ich nicht, aber so ähnlich war's. Kurzum, der Telegrafist war Vergangenheit, Babilina blieb in Batumi. Dann gibt es viele erschütternde Details – wo sie wohnte, in welcher Straße dies und jenes passierte, womit sie sich über Wasser hielt ...«

»Womit denn?«, fragte Nikoliko dazwischen. »Das interessiert mich wirklich.«

»Das ist eine tolle idiotische Geschichte à la Balzac«, sagte Storchi lachend. »Es gab da so eine Frau, an den Nachnamen erinnere ich mich nicht genau, eine Französin, die von irgend so einem Adligen zur Erziehung seiner Kinder ins Land geholt worden war, dann in Georgien blieb und eine Hutmacherei eröffnete. Die Coco Chanel von Batumi. Babi arbeitete bei ihr, wahrscheinlich brachte sie Blumen und Bänder an den Hüten an, oder sie lieferte sie an die Kunden aus, keine Ahnung …

Die Zeit verging und es war genau so wie in dem Buch von Mitsischwili, das du mir zum Namenstag geschenkt hast, du Miststück, zwei Nächte lang hab ich schlecht geschlafen … Genau so, wie es da beschrieben ist. Regen, Kälte, Hunger. Wer brauchte da Hüte. Aber das war nicht das Entscheidende. Entscheidend war, dass sich Babi wieder in einen Mann verliebte – diesmal einen Soldaten. Uniform ist sexy.«

Nikolos nickte: »Weiß ich doch.«

»Genau. Babi war hin und weg … wieder wie aus einem französischen Groschenroman: der umwerfende Aristokrat und die feine Modistin. Eine Mesalliance, aber hey, große Liebe. Auf dem Fensterbrett singt der Kanarienvogel, tiri-li-tiri-la … Nun, es ist Februar, aber die blöde Babi hat ja keine Ahnung! Der Mann besteigt ein Schiff und tschüs, Babi! Aber Momentchen, Nik, immer der Reihe nach! Babi geht auch aufs Schiff. Aber heimlich, als blinde Passagierin, sie hat jemanden bestochen, womit auch immer, was hatte sie schon zu bieten … Jedenfalls bestieg sie das Schiff, und auf offener See – tadaaa! Hier bin ich, Liebster!«

»Uh, der wird sich aber gefreut haben«, warf Nikolos finster ein.

»Mächtig«, Storchi stellte die Flasche weg, überlegte es sich aber wieder anders, »was dort auf dem Schiff passierte, weiß der Geier ... was weiß ich, dieser verfluchte Kerl ...«

Erneutes Telefonklingeln ließ beide zusammenfahren.

»Das Mädel macht mich verrückt, weißt du?«

Nikoliko trottete barfuß zum Schlafzimmer. Das Klingeln brach ab und Niko streckte den Kopf heraus.

»Sie will dich sprechen«, sagte er zu Storchi. »Dieses Kind macht mich fertig.«

Babi, dachte die Queen, als er allein im Zimmer saß, schöner Name ...

Storchi kam ins Wohnzimmer zurück und griff nach ihrer Tasche.

»Entschuldigung«, sagte sie zur Queen, »ich lass dich mit soviel dreckigem Geschirr zurück.«

»Was?«, sagte Nikoliko verwundert.

»Ach, nichts.« Storchi sah auf ihre Zigarettenschachtel. »Soll ich sie dir dalassen? Meine Mutter lässt ausrichten, sie geht mit einem Kavalier im Park spazieren. Ich muss los.«

»Im Ernst?« Nikolos war besorgt. »Und? Ist sie weg?«

»Nein« – Storchi schob sich ein Eisstück in den Mund – »nein. Ich hab Manana gesagt, sie soll ihr weismachen, er hätte angerufen und würde sie gleich abholen. Und sie soll ihr sagen, in dem Aufzug kann sie sich nicht mit ihm treffen. Sie soll sich waschen und hübsch machen. Dafür braucht sie eine Weile. Ich geh zu Fuß nachhause, davon werde ich ein bisschen nüchtern.«

»Weißt du was?« Nikolos stand auf. »Ich komm mit raus. Ich bring dich. Ich werde spazieren gehen. Dann kann ich wenigstens auch die Sache für mich abschließen. Und weißt du was?« Er schaute auf den Blumenstrauß. »Nimmt den für sie mit. Sag ihr, du hättest den Typen vor dem Haus getroffen und er hätte ihr den mitgebracht. Er hatte es sehr eilig. Musste in den Krieg.«

Storchi starrte Nikolos mit offenem Mund an.

»Wieso in den Krieg?«

»Zwei Gründe?« Die Queen lachte. »Erstens, weil es romantisch ist: Rosen – für die Geliebte eines Mannes, der in den Krieg zieht. Zweitens … Zweitens, weil mir nichts anderes eingefallen ist. Gehen wir.«

Neuntes Kapitel

Just in jenem Moment, als Nikoliko die Tür zuschlug und an der Klinke herumrüttelte – er prüfte nach, ob er wirklich abgeschlossen hatte –, ging Wato gerade in seine eigene Wohnung, schlug die Tür zu und rüttelte an der Klinke, um zu prüfen, ob sie wirklich geschlossen war.

Wato hasste es, in die leere Wohnung zurückzukommen. Er wusste genau, was ihn erwartete: im Kühlschrank ein riesiger Topf voll Adschapsandali, den seine Mutter dagelassen hatte und der für eine Woche oder zwanzig Leute reichen würde, auf dem Tisch das Gedeck vom Vortag und ein steinhartes Fladenbrot. Er hatte keinen Hunger, aber wenn man nachhause kommt, hat man trotzdem auf irgendwas Appetit ...

Wato zog sich aus und stopfte Hemd und Socken in die Waschmaschine. Dann überlegte er es sich anders, holte das Hemd wieder heraus und legte es auf die Maschine.

In der Küche traf er genau das an, was er erwartet hatte. Sieh an, beim Kühlschrank kam doch Freude auf – Bier, zwei Flaschen! Die hatte er schon vergessen gehabt.

»Mir reicht's«, beklagte sich Wato bei dem Plakat mit der an Bücher gelehnten Madonna im Schneidersitz, »diese Idioten machen mich fertig.«

Wato blickte betrübt auf den Abwasch und die Melonenreste, seufzte und ging ins andere Zimmer.

Durchs offene Fenster drang nichts herein außer dem gelben Laternenlicht und der Hitze. Nicht mal die Gardine rührte sich.

Unglaubliche Geschichte, dachte Wato. So geht es nicht, ich muss alles noch mal von vorn durchgehen.

»Von vorn!«, sagte Wato laut und schaltete das Licht an.

»Von vorn! Von vorn! Von vorn!«, rief es von oben.

Wato zuckte zusammen, dann fiel es ihm ein – das war der Papagei des Nachbarn, der große und bunte Leonardo da Vinci, für Freunde: Vinciko. Die Nachbarn waren in den Urlaub gefahren und hatten Vinci bei Watos Mutter gelassen. Die Mutter war ihrerseits in Urlaub gefahren und hatte Vinciko bei Wato gelassen. Wato ging so viel im Kopf herum, dass er ihm fast platzte, klar, dass er nicht an Vinciko gedacht hatte.

Eine Schande!

Wato seufzte, stellte einen Stuhl vors Buffet und stieg darauf.

Vinciko schaute ihm mit einem Auge in die Augen, Wato hätte schwören können, mit Abscheu. Vor Kurzem hatte ihn schon mal jemand so angesehen ... Wer war das nur gewesen?

»Von vorn!«, wiederholte Vinciko.

»Normalerweise solltest du schlafen«, rechtfertigte sich Wato.

Der Käfig müsste gesäubert werden, das Wasser war trübe. Natürlich hatte er das ganze Vogelfutter aufgefressen. Wato hatte ein schlechtes Gewissen. Er hatte jetzt überhaupt keine Lust auf das Papageiengeplapper.

»Von vorn!«, rief Vinciko.

Was blieb ihm anderes übrig. Wato nahm den Käfig herunter, stellte ihn auf den Tisch und seufzte erneut.

»Sofort kümmere ich mich um dich.«

»Sofort! Ich komme! Sofort!«, schrie Vinciko mit komischer Stimme los und zog sich eine lange Feder aus dem Flügel.

Dann eben von vorn.

Damals ... – wobei, was heißt schon damals – bis vor zwei Jahren ungefähr, bis dahin war es Wato nicht in den Sinn gekommen, Polizist zu werden. Er hatte das nicht vorgehabt. Es war einfach passiert.

Er lernte in der Schule – gut; lernte an der Uni – gar nicht mal so gut; ging ins Ausland, wo er gut lernen sollte, aber nicht lernte und insgesamt überhaupt nichts tat, bloß die große, blonde, kluge und starke Selma kennenlernte und zwei Jahre lang auf ihre Kosten lebte.

Selma war das Kind reicher Eltern. Sie selbst hatte zwar auch mal eine schöne Arbeit, aber an jenem Tag, als sie Wato kennenlernte, hatte sie eine große und laute Auseinandersetzung mit ihrem Chef gehabt, war abgehauen und zur Demo gegangen.

Selma hatte ständig irgendwas zu protestieren. Die Gründe für einen Protest gingen ihr nie aus. Sie war Marxistin.

An jenem Tag brach vor Watos Fenster ein Aufruhr los. Natürlich schaute Wato hinaus. Niemand brüllte, es wurde auch nicht »Hoch lebe dies« und »Hoch lebe das« gerufen – für diese kleine und friedliche Stadt war schon eine gesittete Ansammlung von ungefähr fünfzehn Leuten mit gesenkten Köpfen auf dem kleinen, feinen Platz ein Aufruhr. Aufgrund der Sprachbarriere und seiner politischen Unwissenheit begriff Wato nicht, worum es ging, sah aber Selma – barfuß, mit roten Hosen, offenen Haaren und verärgertem Gesicht. Selma hatte ihn auch gesehen und bedeutete ihm herunterzukommen. Und Wato ging runter – er hatte ja nichts Besseres zu tun.

Ein Georgier! Selmas Herz war gerührt. Euren anthroposophischen Präsidenten, euren Präsidenten Schewardnadse, klar kenn ich den, was denn sonst ... Was passiert bei euch gerade? Wilder Kapitalismus, das hab ich auch gewusst! Gewerkschaften? Wie bitte? Wie das denn!? Furchtbar! Und was machst du hier? Jura ist gut, alle Achtung, du musst büffeln, was sonst! Menschenrechte ...

Wato machte sich über Menschenrechte keine Gedanken. Er fand es schade, dass er in einem Monat zurück musste, darauf hatte er sehr, sehr wenig Lust. Hier ging es ihm gut, dort würde es so ablaufen: Lerne, arbeite, heirate, kümmere dich um die Verwandten ... Darauf hatte Wato keine Lust, deshalb sträubte er sich dagegen und blieb bei Selma, und zwar nicht in diesem Kuhkaff, sondern in der Hauptstadt, in einer Siebenraumwohnung voller Bücher, Marihuanapflanzen und tiefgründig rauchender Typen. Die Wohnung hatte irgendwann mal Selmas Urgroßvater gehört – sein Porträt hing im Foyer an der Stelle, wo früher der Kopf eines Hirschs gehangen hatte, eine Jagdtrophäe von Selmas Vater. Selma war militante Veganerin, der Kopf konnte da freilich nicht bleiben! Eines Sonntags brachte sie ihn zum Basar – angeekelt – und verkaufte ihn, und den Erlös überwies sie zu Watos Leidwesen irgendeinem Kinderheim in Nairobi, das vielleicht gar nicht existierte.

Ein schönes Leben hatten sie damals. Selma war zufrieden und Wato auch. Stimmt, Wato scherte sich nicht um Selmas Leseempfehlungen, aber die Frau verzieh ihm das – zumindest war er ein gutaussehender Kerl.

»Selma«, sagte Wato manchmal, »ich bin nicht gutaussehend. Ich bin sympathisch.«

Selma lachte laut und zeigte ihre beneidenswert gesunden Zähne.

Später wurde Selma Watos überdrüssig und sagte Bye-bye, und damals war Wato gar nicht so böse drum, denn auch er hatte Selma über. Wato kehrte nach Tbilissi zurück – ein großer Fehler. Die Reue kam spät, aber sie kam.

Sicherlich blieben er und Selma trotzdem Freunde, besser gesagt, sie blieben so lange Freunde, bis Wato ihr schrieb, die Kumpels seines kürzlich verstorbenen Vaters hätten ihm bei der Polizei »Arbeit verschafft«. Wato wartete darauf, dass Selma ihm gratulieren würde, sie jedoch wurde so fuchsteufelswild, dass sie ihre Prinzipien über Bord warf und ihn anrief – das tat sie sonst nie, es kam ihr abscheulich vor, Geld, das Unglücksraben und Krüppeln zustand, für Taxis und überteuerte Telefonate auszugeben. Diesmal rief sie an und brüllte dermaßen, dass Wato nicht mal das eine oder andere Worte verstand – er wurde regelrecht taub.

»Oooh, Wato!«, schrie Selma ihn an. »Du bist ein Verräter, und ich spucke auf dich!«

Selma sagte, er solle sich nie, nie wieder an ihren Namen erinnern, und legte ohne Verabschiedung auf.

Das war's also.

So ist es immer.

Nein, jetzt gibt es da Nato, die im Gegensatz zu Selma zwar weder eine kuschelige Brust noch ein Tattoo hat, die Wato aber im September heiraten wird, weil die Zeit reif ist, und außerdem ist sie ein gutes Mädchen. Ja, Nato ist wirklich ein gutes Mädchen.

»Ich glaube«, sagte Wato zu Vinciko, der oben auf dem Buffet saß, »Nato ist ein gutes Mädchen. Stimmt's?«

Wie eine Frau ohne Anstand spuckte Vinciko die Sonnenblumenkernspelzen aus und begann den Kopf zu wiegen: »Vinciko ist ein gutes Mädchen, gutes Mädchen ...«

Ach, er ist ein Mädchen, wunderte sich Wato. Warum heißt er dann Leonardo?!

Wato öffnete die Flasche und stürzte das warm gewordene Bier hinunter. Nun denn – von vorn.

Die verstorbene beziehungsweise ermordete Elisabeth hatte keine Feinde. Das bestätigten ihre Freunde einhellig. Da gab es nichts zu deuteln – keiner hätte etwas davon gehabt.

Einen Mann hatte sie nicht. Ein bisschen verwunderlich, dass sie nicht wenigstens irgendeinen Unglücksraben aufreißen konnte, andererseits gibt's nichts häufiger als unverheiratete, alleinstehende Frauen. Außerdem lebte sie mit einem Schwulen zusammen. Eine Tschaika. Was es nicht so alles gibt.

Geld hatte sie keins. Die Erbschaft geht an Sandro. Sandro hat sie nicht umgebracht, wie es aussieht, hat er ein Alibi – aber was für eins. Witzig. Wenn man diesen Gaga so anschaut, hält man ihn schon für einen Mann, aber dann ... Gut, dass Sandro morgen noch mal kommt, vielleicht hat er was Brauchbares zu sagen. Sehr verdächtig, nun ja ...

Na gut. Also kein Geld. Was haben wir: ein Guthaben von erbärmlichen tausend Lari, von denen uns die vergleichsweise klar denkende Magda erklärte, sie seien nur als Sicherheit für die Visumanträge bei den Botschaften bestimmt.

Stimmt, sie reiste. Elisabeth und Sandro reisten. Hauptsächlich in die Türkei, ein paar Mal nach Europa.

»Sie waren einmal in Frankreich, einmal in Deutschland«, hatte Magda ihm erklärt.

Die Einladung sei von Magdas Eltern gekommen.

»Haben sie sie besucht?«

»Nein, nie.«

»Wozu reisten sie?«

»Was weiß ich, wozu reisen Sie denn?«, hatte Magda ziemlich harsch gefragt.

Bezahlten sie die Reisen von dem Kindergartengeld? Nein, wie sollte das für die beiden reichen. Mal verkaufte

Sandro etwas, mal Elo. Was hatte Elo zu verkaufen? Irgendwelche Sachen hatte sie. Sie hatte eine Vase, ich glaub, aus der Tsin-Dynastie, die hatte meine Familie von einer Auktion mitgebracht, irgendwo müssen auch die Papiere sein, und von Somow ein paar Werke, Grafiken, drei oder vier Stück. Woher? Familienerbstücke. Dachten Sie etwa, Elo wäre unter Wilden aufgewachsen?

Magda hatte sich geärgert und Wato tat das sehr leid. Die Einzige, mit der man vernünftig reden konnte. Die Restlichen ...

Ah, jetzt hab ich's, Storchi guckt genau wie Vinciko! Storchi hasste ihn! Warum eigentlich? Es war Sergo gewesen, der ihn an die Alimbegaschwili-Geschichte erinnert hatte, er hatte ihm total detailliert davon erzählt, mit viel Hass und ein wenig Respekt, aber was hatte Wato denn damit zu tun?

»Was'n, Vintsch?«, fragte Wato den Papageien. »Was hab ich damit zu tun, was'n, Junge? Mädel, pardon.«

Vinciko gab keine Antwort, eifrig hackte er auf dem Stock in seinem Käfig herum.

Diese Storchi hatte eine gewisse Ähnlichkeit mit Selma. Sie würden sich bestimmt gut verstehen. Sie hat auch 'ne Schraube locker. Von denen ist keiner ein normaler Mensch, außer Magda. Magda hat tolle Kinder. Manana ist hübsch. Hat aber auch 'ne Macke. Wahrscheinlich knallt die irgendwann total durch.

Am schlimmsten ist dieser Nikolos. Die Queen. Watos Erinnerungen wurden wach. Als er die Stimme am Telefon hörte, war ihm gleich klar, dass er da nicht viel zu erwarten hatte, aber dann dieser Anblick! Hosen aus Atlas, Kreuzkettchen und Perlengeschmeide auf der Brust, eine weiße Katze auf dem Schoß, an der Wand den Heiligen Sebastian, auf dem Tisch weiße Rosen ... Nach anderthalb Stunden Aufenthalt bei Nikolos kam es Wato vor, als habe nur er selbst geredet. Wie dieser Nikolos das hinbekommen hatte, unbegreiflich. Als er danach das Diktiergerät einschaltete und die Aufzeichnungen abhörte, wurde ihm klar, dass Nikolos sogar die Fragen gestellt hatte. Selma hatte das auch drauf, wenn sie mit jemandem diskutierte: Erst brach sie was vom Zaun und dann schwieg sie, am Ende stand der andere wie ein Idiot da.

Hätte er jetzt noch Kontakt mit Selma, würde er ihr schreiben, er werde seinen ersten richtigen Fall in den Sand setzen. Sie hatte ja keine Ahnung, was er zu tun hatte. Wenn er das Nato erzählen würde, ja, was dann? Nichts. Sie könnte es nicht mal verstehen. Das ist gut, ist ja nicht Natos Angelegenheit, die Morde und die Gangsterehefrauen und die Schwulen, aber trotzdem ... Selma könnte ihm zwar auch nicht helfen, aber beruhigen würde sie ihn vielleicht schon irgendwie. Ihn auf andere Gedanken bringen. Als er die Prüfung damals nicht abgelegt und sein Vater gesagt hatte, mit meinem Geld hat's sich erledigt und mit deiner Auszeit ebenso, hatte Selma die Ohren steif gehalten, ihn in ihr altes, knatterndes Auto gesetzt und mit ans Meer genommen, in irgendeine Ortschaft. Ein herrlicher Tag, sie aßen Fisch, abends in der Hotelbar spielte ein Typ auf, der wie Bob Marley aussah und was Traumhaftes zu rauchen hatte ...

In diesem Dorf oder Ort am Meer stand ein Denkmal, eine kleine Frau in Lebensgröße. Am Tag ihrer Ankunft geht Selma mit ihm dorthin und fragt, ob er wisse, wer das sei. Wato weiß es ehrlich nicht und sagt nein. Selma sagt, dann frag mich mal. Und Wato fragt sie:

»Wer ist diese Frau, Selma?«

Selma streckt die Brust raus und antwortet stolz:

»Selma.«

Selma hatte schon mitbekommen, dass Wato gar nichts kapiert hatte, und wurde etwas betrübt, aber dort sagte sie kein Wort. Wieder zuhause angekommen, kramte Selma irgendein Buch hervor und Wato dachte, jetzt kommt sie mir noch mit Wirtschaftspolitik ...

»Akka! Akka!«, schrien die Gänse, »so viele Namen passen gar nicht mehr in unseren Kopf. Das sind sehr schwere Namen.«

»Macht nichts«, antwortete Akka. »Je mehr ihr es in euren Kopf reinhämmert, desto mehr Platz habt ihr darin.«

»Und wie heißt der Berg dort, der am höchsten ist?«, fragte Nils.

»Der Berg heißt Keb-ne-kajse!«, sprach die greise Gans feierlich.

Sieh mal an, was für ein Berg!, dachte Nils, hier also wurde Akka geboren. Deshalb heißt sie Akka Keb-ne-kajse. Selbstverständlich war eine bedeutende Gans wie unsere Akka nicht irgendwo geboren worden, sondern beim höchsten Berg!

Wato kapiert wieder nichts. Er begreift es nicht, grinst breit – er weiß, Selma mag sein Grinsen –, aber Selma ist trotzdem beleidigt.

Später, als er schon nach Tbilissi zurückgekehrt war, rief Wato sie an, sagte, er habe jetzt kapiert, worum es ging, und Selma fing an zu lachen.

»Wie hast du's kapiert?«, fragte Selma amüsiert. »Hattest du eine Vision?«

»Hab meine Mutter gefragt«, antwortete Wato kleinlaut.

»Hättest auch mich fragen können, ich hätte es dir nicht verheimlicht.« Selma lachte, und Wato lachte mit.

Mit Selma hatte er ständig gelacht. Schade, dass es keine Selma mehr gibt... Warum war sie damals nur so ausgerastet?

»Irgendwer muss doch bei der Polizei arbeiten, oder?«, rechtfertigte sich Wato in Gedanken.

»Ja. Unbedingt. Auch im Morddezernat.«, antwortete Selma.

»Sollen die Mörder etwa frei rumlaufen und Frauen abschlachten?« Wato gab nicht nach. »Irgendwer muss sie doch fangen, oder?«

»Klar«, sagte Selma zustimmend. »Na dann, fang sie doch.«

Leicht gesagt ...

»Moment mal«, Wato schüttelte den Kopf, »ich hab da was verwechselt. Von vorn.«

In der Zeit, als er mit Selma zusammenlebte, las Wato ab und zu Kriminalromane. Was wusste Selma schon von senen Lektürevorlieben, und er las eben gerne Krimis. Da war immer alles so einfach! Kommissar Wallander setzt sich hin, sagt: Von vorn! Und beim dritten Mal weiß er sowieso, dass der Postmann der Mörder ist. Oder der Mörder entpuppt sich als Serienmörder und am Ende finden sie heraus, was die Mordopfer für Gemeinsamkeiten haben – sie sind Pädophile oder Betrüger oder alle haben eine lange Nase und jemand hat es genau auf lange Nasen abgesehen. Die würde ich auch erwischen ... Was würde er mit diesem Bügeleisentypen machen?

Offenbar kannte Elisabeth ihren Mörder – sie hatte ihm die Tür geöffnet, auf ihn gewartet und wollte ihn bewirten, das Gedeck hatte sie bereitgestellt. Irgendwas war passiert. Niemand weiß, wer wann wie ausflippt. Auch der Mörder war ausgeflippt. Und wie! Wenn diese Eliso genauso war wie ihre Freunde, ist das nicht verwunderlich. Wie sollte es auch anders sein? Aber das Bügeleisen ... Denkt man da nicht drüber nach?

Völlig unwahrscheinlich, dass der Verdächtige den Mord an Elisabeth überhaupt gar nicht vorhatte. Aber zumindest hatte er es nicht geplant. Umso schlimmer. Das heißt, jeder könnte der Mörder sein.

Noch mal: Vermutlich war es eine Person, die Elisabeth nahestand, oder ein guter Bekannter. Möglicherweise der Vater eines der Kindergartenkinder? Eine Mutter kann man sich ziemlich schwer vorstellen. Nur eine kräftige Frau wie Selma könnte mit einem eisernen Bügeleisen vielleicht was anfangen. Nein, die Kindergartenleute hatte Sergo abtelefoniert, von denen ist keiner in Tbilissi, außer einer Oma, und Sergo hatte gesagt, die habe nicht mal Lenins Tod mitgekriegt.

Der Mörder ist vielleicht ein Mann wie du und ich, hat eine Familie, Freunde, ist sowas, was man »normal« nennt. Wahrscheinlich hat er vorher noch nie jemanden umgebracht. Er hat sie ermordet und ist jetzt selber durchgedreht. Er hat das Bügeleisen gereinigt, wie ein Verrückter, und hat es an Ort und Stelle stehenlassen. Ja, irgendwas ist mit ihm passiert. Er ist plötzlich durchgedreht, das hatte Elisabeth natürlich nicht erwartet. Wahrscheinlich hatte er das selbst nicht erwartet. Irgendwas ist mit ihm passiert. Aber was?

»Was?«, fragte Wato laut.

»Tintenfass!«, rief Vinciko erfreut.

Zehntes Kapitel

Im Sommer, wenn alle versuchen, aus der Stadt zu fliehen, sitzt eine Storchi in Tbilissi und ist beinahe glücklich.

Storchi liebte den staubigen Wind, die heißen Nächte, mochte es, früh mit schweißnassen Haaren aufzuwachen, und war sehr zufrieden, wenn die Frauen mit den schmutzigen Kitteln in der sengenden Sonne riefen: »Pontschiki! Heiße Pontschiki! Schaut, was ich für gute Pontschiki habe!«

Wahnsinn, so eine Hitze!

Niemand hörte etwas von Storchi, aber sie war auch nicht böse drum, im Sommer war sie glücklich. Je heißer der Sommer, desto glücklicher war Storchi.

Nach Elisos fester Überzeugung wurde Storchi nur aufgrund dieser etwas verrückten Vorliebe nicht vollends verrückt.

»Sie wäre bis heute schon hundertmal durchgedreht«, stellte Elo fest. »Nun, wenn sie dich nach Tbilissi versetzen würden, im Sommer, in der Hitze, würdest du das aushalten? Bei ihr zählt das nicht als Aushalten, sie genießt es sogar ...«

»Vielleicht ist das der wahre Wahnsinn«, vermutete Magda.

»Vielleicht hast du recht«, sagte Elo zustimmend.

Höchstens nach Nigosa – aber auch nur mit Müh und Not für zwei Nächte.

Später ließ Storchi Niniko oft bei Elo und raste in die Stadt. Als ihre Mutter dann zurückgekommen war, hatte sie auch das nicht mehr getan. Sie saß wie angewurzelt, bewegte sich nicht mehr vom Fleck.

Storchi versuchte immer das zu mögen, was sich ergab. Seit Alimbegaschwili gestorben war, legte sie keinen Wert mehr auf Männer und fand, Alleinsein sei besser, von ihrer Liebesgeschichte hatte keiner erfahren und sie auch nie über das Thema jammern hören. Über viele Jahre hatte Storchi ihre lange Nase nicht aus der Stadt gereckt – Hoch lebe Tbilissi im Sommer!

»Ich kann es kaum glauben«, sagte Eliso verwundert, »hast du keine Lust auf Liebe und Reisen?«

»Nein«, antwortete Storchi, »ich weiß nicht mehr, wie das ist, und es ist mir schnurz... Mir gefällt's ohne Mann und in Tbilissi. Aber Sommer muss es sein.«

Nun, da trat sie also in Erscheinung, ohne Mann und in Tbilissi, im Sommer, eine Frau namens Storchi, und erzählte ihrem Freund Nikolos alias Die Queen eine lange, verschachtelte Geschichte:

»In der Stadt Istanbul gab einmal ein Mädchen, das hieß Babi. Sie hatte weder Geld noch Verwandte, noch nicht mal Freunde. Sie sprach kein Wort, denn sie beherrschte die Sprache nicht und außerdem hatte sie sowieso nichts zu sagen. Wenn du mit niemandem sprichst und dich niemand etwas fragt, ist es klar, dass dir niemand etwas erzählt. Alles in allem machte sich Babi über die Angelegenheiten anderer Leute keinen Kopf, wahrscheinlich weinte sie ihren verflossenen Liebschaften nach, und deswegen berichten alle Quellen – in diesem Falle mündliche Quellen, erstunkenes und erlogenes Zeug dümmlicher alter Leute und Ähnliches –, dass Babi ein Dummkopf war.« Storchi verstummte und dachte nach. »Also, wenn Glücklichsein bedeutet, dass du keine Wünsche mehr hast und nicht mal begreifst, dass du im

Schlamassel steckst, dann war Babi das glücklichste Mädchen der Welt.«

Nikolos warf ihr einen schiefen Blick zu, dann nickte er. Storchi fuhr fort:

»Es ist bekannt, dass Babi eines Tages ein üppiges Abendessen anrichtete: Sie kaufte einen steinharten Käse und bat am Hafen jemanden, ihn mit einem Beil zu zerteilen. Das tat derjenige auch. Ist doch ein idiotisches Detail, oder? Kein Mensch weiß, wie sie einander verstanden haben, was sie einander gesagt haben, wahrscheinlich wird's nichts Schlaues gewesen sein, aber an dem Abend verlor sich Babis Spur in Istanbul, tauchte aber schon wenig später sehr weit entfernt wieder auf – in Paris. Ein heißer Sommer, Kaffeehäuser, eine zauberhafte Stadt ...« – Storchi lächelte halbherzig – »wie Tbilissi. Nur, dass dort alle französisch sprechen ... Was denn, etwa nicht?«

Sie drehte sich zu Nikolos um. »In Tbilissi gibt's heiße Sommer, Kaffee wird hier auch getrunken, es ist auch eine zauberhafte Stadt, aber glaub bloß nicht den Leuten, die dir weismachen wollen, Tbilissi sei das kleine Paris! Tbilissi ist eine furchtbare Stadt, meine Queen, heruntergekommen, heiß, dreckig. Um in Tbilissi so nah an den Fluss heranzukommen, dass du das Wasser berühren kannst, müsstest du von einer Brücke springen; nachts verfolgen und beißen dich die Straßenhunde, und wenn du dem Sensenmann gegenüberstehst und um Hilfe schreist – Hilfe, Hilfe, jemand will mich umbringen –, hilft dir niemand, und am nächsten Tag werden alle erzählen, dass letzte Nacht ... Und mir, der idiotischen Storchi, ist Tbilissi trotzdem lieber als jedes Paris!«

»Du kennst Paris nicht, dumme Storchi!«, sagte Nikolos lachend.

»Dafür kenn ich Tbilissi. Und wie!«

»Darüber reden wir später«, sagte Nikolos, »erzähl erstmal die Geschichte zu Ende. Babilina kam nach Paris ...«

»Ja«, Storchi nickte, »ja. Ich hab ja gesagt, dass es zu der Zeit in Paris eine junge Frau gab, die Kiki hieß. Sie war die Geliebte von einem berühmten Pariser Künstler, einem Fotografen. Beziehungsweise war Kiki sein Modell und seine Geliebte. Man Ray. Wenn dir dieser Name nichts sagt ...«

»... bin ich debil«, schloss die Queen.

»Genau. Nur darf man dieses Wort nicht benutzen, das ist angeblich inkorrekt ... Jedenfalls hat Kiki einmal ein neues Mädchen in Man Rays Atelier mitgebracht, schweigsam und schön. Ungewöhnlich schön.«

»Babilina Esakia.« Nikolos nickte.

»Genau. Wie ging das? Babilina und Man Ray. Und dazu Paris und tausenderlei erstaunliche Dinge ... Was dort passierte, darüber wurde viel geschrieben, damit werde ich dir jetzt keine Zeit stehlen und, ehrlich gesagt, erinnere ich mich auch nicht so gut.«

»Um die Behebung von Bildungslücken brauchst du dich nicht zu kümmern«, beruhigte sie die Queen, »ich erinnere mich. Erzähl du die Geschichte.«

»Ja, die Geschichte ... Jedenfalls tauchte dieses bescheuerte Mädchen dort auf und war offenbar nicht nur Modell. Sie rackerte sich selber mit irgendwas ab. Sie machte Fotos. Was für welche – schwer zu sagen, ich weiß nur, dass sie es tat. Aber nicht vergessen: Dass Babi die Erfindung der Solarisation zugeschrieben wird, ist Fakt.«

»Machst du Witze?«

»Nein. Daran erinnere ich mich gut.« Storchi hob den Finger, setzte ein bedeutungsvolles Gesicht auf und sagte: »Solarisation ist das Ergebnis von doppelter Belichtung des Negativs. Keine Ahnung, was das bedeutet. Man Ray schreibt irgendwo, er habe in seinem Atelier Fotos entwickelt und seiner debilen ... Entschuldigung, seiner bescheuerten Assistentin sei eine Maus über den Fuß gerannt, und weil sie bescheuert war, habe sie losgeschrien, das Licht angeschaltet und alles versaut. Später stellte er fest, es war gar nicht so versaut, im Gegenteil« – Storchi hob wieder den Finger – »mittels Solarisation bekamen gewöhnliche Dinge ein fantastisches und geheimnisvolles Aussehen.«

»Das hat Babi gemacht?«, fragte die Queen zweifelnd.

»Gar nichts hat sie gemacht. Sie hat einfach nur das Licht angeschaltet, sonst nichts.«

»Sie wusste also nicht, was passieren würde.«

»Sie hatte keinen Schimmer.« Storchi drückte die Kippe aus. »Ich hab dir doch gesagt, sie war debil.«

»Nenn sie nochmal debil und« – die Queen fing an zu lachen – »du Inkorrekte.«

»Pardon. Weise und Dumme wundern sich sowieso über nichts, meine Queen«, erwiderte Storchi. »Ich weiß nicht, wer von beiden schuld war, ich hab da so meine Zweifel, aber das ist ein anderes Thema. Jedenfalls wunderte sich Babi überhaupt nicht darüber. Sie kam an, wurde mitgenommen, machte Fotos, schaltete das Licht an ... Sie kannte ja nach wie vor die Sprache nicht, wer weiß, was sie dachte, dachte sie überhaupt?«

»So ist es« – die Queen nickte – »aber was will man mehr, vom Sololaki-Viertel zu Man Ray ...«

»Warte mal. Jetzt geht's erst richtig los. Neuer Name: Else Ernestine Neuländer-Simon. Schon gehört?«

»Nein.«

»Dachte ich mir.« Storchi hob den Finger. »Yva?«

»Welche Yva?«

»Else Ernestine Neuländer-Simon. Alias Yva. Die Berliner Fotografin.«

»Die mit den Tauben auf dem Kopf? Kenn ich, und die hatte wirklich so einen langen Namen?«

»Sieht so aus. Hab ich auch nicht gewusst. Kurz, Yva. Wenn einer als Modefotograf bekannt wird, muss der schon vorher groß im Geschäft gewesen sein, Aktfotos und Erotik ... Und Babis Fotos aus dem Archiv waren derart, Süßer. Yvas Archiv.«

»Wie sind die dahin gekommen?« Nikolos war gespannt. »Sind etwa alle vier Babi?«

Storchi zuckte mit den Schultern.

»Wahrscheinlich. Sieht so aus, als wäre es nur eine Frau ... Elo untermauerte die Behauptung, sie seinen von Babi aufgenommen worden, damit, dass ihr Name draufgekritzelt sei. Ich weiß nicht. Was ich nicht weiß, weiß ich nun mal nicht. Aber eins weiß ich: Dass sie eine Zeitlang mit Helmut Newton herumzog, bis irgend so eine Dame mit Monokel auftauchte, erinnerst du dich an die Geschichte?«

»Ja!« Nikolos war völlig aus dem Häuschen. »Wie könnte ich die vergessen! Und dann, wie ging's dann weiter?«

»Dann ...« Storchi hielt inne und suchte in ihrer Handtasche nach Zigaretten. »Ach, hier, mach die mal an ... ja ... jedenfalls, mein Nikoliko, erteilten die Nazis Yva Berufsverbot, weil sie Jüdin war, und dann ... an das Datum erinnere ich mich jedenfalls ganz genau! Wie könnte ich das vergessen ... Am 13. Juni 1942 wurde sie nach Sobibor geschickt, ins Todeslager, zusammen mit ihrem Mann und ein paar, ich denke, zehn Mitarbeitern oder Gehilfen oder wie die heißen, also mit ihren Leuten.«

»Und unter ihnen war Babilina Esakia«, schloss Nikoliko.

Storchi nickte.

»So ist es.«

»Mannomann …« Nikolos machte nachdenklich ein paar Schritte. Dann blieb er stehen. »Was hat Elo damit zu tun?«

»Elo hat dieses Material über drei Jahre zusammengetragen. Ich hab das jetzt ganz kurzgefasst erzählt, dabei ist es so eine Riesengeschichte, total spannend …«

»Erzähl mal, Storchi, wozu brauchte die bescheuerte Elo die Geschichte von irgendeiner Babi?« Nikolos schaute Storchi zweifelnd an. »Worum geht's dabei überhaupt?«

»Junge« – Storchi gab ihm einem Klaps – »komm mit, wir laufen ein Stück … Pass auf, Elo brauchte die nicht. Wozu auch. Dieser Mann brauchte die Geschichte« – Storchi ergriff Nikolos' Hand – »der! Und Elo sammelte nur das Material. Historiker, Kunstexperte und Philologe und ein Genie, das war er. Elo doch nicht, pah … Elo sauste nach Istanbul, in die Archive, nach Paris, Berlin …«

»Ahaaa …«, sagte die Queen verständig, hielt dann wieder inne, entzog Storchi seine Hand und wurde plötzlich ärgerlich. »Und dann? Willst du behaupten, er habe sie wegen der Mitautorenschaft umgebracht? Was faselst du, Storchi?«

»Junge« – Storchi gab ihm wieder einen Klaps – »nein. Du hast das nicht kapiert. Wie soll ich dir das verklickern … Die ganze Geschichte ist eine Lüge, Süßer. Es ist alles gar nicht wahr. Zwar hat es das alles gegeben, Man Ray gab es und die Solarisation und Yva und auch den Telegrafisten, selbst Babilina Esakia hat reell existiert, sie war wirklich Lados Oma, bloß die Geschichte ist eine Lüge. Elo hat sie sich ausgedacht.«

»Superkrass!« Nun ergriff Nikoliko Storchis Hand. »Ich fass es nicht … Wahnsinn, echt krass! Oh, Elo, du bist super!«

»Ja«, sagte Storchi leise, »nur, er wusste nicht, dass Elo sich alles nur ausgedacht hatte. Nik, er hatte nicht die leiseste Ahnung. Dabei ist er doch wirklich ein Wissenschaftler, Junge, aber mit Elos Märchenerzählerei und Flunkerei hatte er nicht gerechnet …«

Nikolos hörte ihr schweigend zu.

»Er wollte wirklich forschen, und drei Jahre lang …« – Storchi schluckte – »drei Jahre lang hat Elo ihn verarscht, Süßer. Er selbst kann oder will ja nicht reisen. Er ist ein Irrer. Er ließ Elo für sich springen, bezahlte ihr die Reisekosten, Hotels und alles, gab ihr noch zusätzlich Geld. Und Sandro fuhr auch mit. Die beiden. Elo und Sandro.«

»Was du nicht sagst …«, murmelte die Queen vor sich hin.

»Ja.« Storchi zündete sich am Stummel ihrer Zigarette die nächste an und fuhr fort: »Ja, Süßer. Sie haben ihn gerupft. Der weiß nicht, dass Sandro auch Bescheid weiß. Mehr als Bescheid weiß! Sonst … Und wenn er's wüsste, was soll's? So gesehen könnte er einen tollen Roman schreiben, dieser Arsch.«

Storchi grinste schief. »Es kam ihn nur teuer zu stehen … und der Humor ist ihm ausgegangen … Hundertmal hab ich zu Elo gesagt, der Typ ist ein Neurotiker, der ist verrückt, Mensch, der lässt dich nicht davonkommen, der schlägt dich! Als es passiert ist, hat mich der Schlag getroffen! Ich hätte doch nie gedacht, dass es soweit kommt … Ich bin sicher, wenn er mit ihr ein ernstes

Wort gewechselt hätte, wäre sie vor Lachen geplatzt, diese blöde Kuh ...«

Nun winkte Nikoliko ab.

»Hey, lassen wir das«, hob die Queen an, »und wie hat er erfahren, dass ... dass er veräppelt worden ist?«

»Die Datumsangaben«, sagte Storchi. »Elo berichtete ihm, Babi sei in Sobibor gleich bei ihrer Ankunft ermordet worden, am 15. Juni 1942. Er aber hatte für sich noch ein Buch bestellt per Internet, sowas konnte er schon, dieses Arschloch, und darin stand geschrieben, dass Yva am 31. Dezember 1944 gestorben war. Zwar auch im Lager, aber anderthalb Jahre später. Er ist ja Perfektionist und ein Arschloch, deshalb klemmte er sich dahinter und fand heraus, dass überhaupt keine Liste von Elsa Ernestina Neuländer-Simons Atelier-Leuten existiert. Es war eine Fälschung. Genauso, wie alle anderen Fotos und Papiere.«

»Wart mal!« Nikolos wandte sich Storchi zu. »Welche Papiere, Storchi? Mach mich nicht wahnsinnig!«

»Fantastische Papiere!« Storchi lächelte gequält. »Sehr gute, dummerweise hat sie im Reichsarchiv nie einer zu Gesicht bekommen. Sandros goldene Hände haben sie angefertigt.«

Plötzlich fing Nikolos an zu lachen. Er lachte aus vollem Halse, klopfte sich auf die Oberschenkel. Storchi schaute ihn an, schaute und musste mitlachen.

»Wart mal« – Nikoliko schnappte nach Luft – »und die Fotos? Diese Daguerreo-Dingsbums?«

»Sandrolein!«, erklärte ihm Storchi stolz. »Das kann er gut. Sagen wir: Es sind Kopien von jenen Glasplatten, und von wem hat er die Originale?«

»Ach du Schande!« Nikolos war von den Socken. »Und die schöne Tussi? Wer ist das?«

»Na, rate mal!« Storchi schleuderte die Zigarette weg und stemmte die Hände in die Hüften.

Nikolos grübelte.

»Na los«, sagte Storchi »denk doch mal nach.«

»Kenn ich sie?«

»Ja, sicher.«

»Elo nicht, das ist klar ...« Nikolos schloss die Augen. Dann riss er sie plötzlich auf. »Manana!«

»Jawohl. Manana Nichtsnutz.«

Elftes Kapitel

»Mach dir um morgen keine Sorgen«, flüsterte Magda Sandro zu, »die Sache ist dann erledigt. Das wird nur eine Formalität sein. Du siehst doch, der Typ ist strohdumm. Benimm dich einfach total unverschämt, mach den vollends verrückt!«

»Das kriege ich hin«, antwortete Sandro ebenfalls im Flüsterton. »Darum geht's aber nicht. Mir macht etwas anderes Sorgen.«

»Ich weiß, Junge, aber solange ich noch hier bin, bleib ich eine Weile bei dir und dann wechsel ich mich mit Manana ab«, redete Magda Sandro gut zu. »In sechs Monaten wird es dir überschrieben und dann kannst du es verkaufen, wenn du willst ...«

»Ich werde es nicht verkaufen«, sagte Sandro laut, dann flüsterte er wieder. »Niemals. Aber was soll ich machen, Magda, ich hab Angst, verdammte Scheiße!«

»Du wirst dich dran gewöhnen.« Magda strich ihm über den Arm. »Wirst schon sehen. Außerdem wirst du ja von Anfang an nicht alleine sein ... Was du von Elos Sachen nicht behalten willst, können wir herbringen und verkaufen, ein bisschen Geld wird es schon abwerfen.«

»Und dann?«, flüsterte Sandro beunruhigt. »Und dann, wenn du weggehst?«

»Dann bist du noch da und Manana, oder nicht? Statt bei Storchi wird sie bei dir bleiben.«

»Die arme Storchi«, sagte Sandro beunruhigt.

»Storchi ist nicht arm«, beruhigte Magda Sandro. »Storchi hat schon immer so gelebt. Und du brauchst dir jetzt nicht noch über Storchi und so'n Scheiß Gedanken zu machen, hörst du? Irgendwann musst du dich dran gewöhnen ...«

»Ich will nicht alleine leben«, brauste Sandro auf, »ich dreh durch.«

»Dann wohn doch mit deiner Mutter zusammen!«, flüsterte Magda verärgert. »Hol sie doch her!«

»Was faselst du!« Sandro war beleidigt.

Sie schwiegen eine Weile.

Dong!

»Dort tickt die Uhr«, sagte Sandro leise. »Ich werd verrückt. Magda, ihr kommt doch wirklich wieder?«

»Klar, was sonst?«, sagte Magda verwundert. »Ist keine große Operation. Eine Sache von wenigen Minuten. In zwei, drei Wochen sind wir wieder da. Wirklich. So war's geplant.«

»Ach, ich weiß nicht ...«

»Nächstes Jahr ist es zu spät, wurde mir gesagt, und mit diesen Augen kann ich sie nicht in die Schule bringen. Sie werden ausgelacht. Wäre es nicht so dringend, würde ich nicht weggehen.«

»Weiß ich doch ...«

Das Bett quietschte erbärmlich – Magda drehte sich um.

Eine Grille. Draußen fuhr ein Auto vorbei. Aus der Ecke drang leises Stöhnen – die Zwillinge hatten irgendeinen gemeinsamen Traum.

Aus dem Flur drang Gemurmel.

»Ich bin angemeldet!«

Wato grinste. Tamtas Gesicht würde ich jetzt gerne sehen, dachte er.

»Na los, fragen Sie ihn doch! Fragen Sie ihn, ob er mich bestellt hat! Was sollte ich sonst hier wollen, Fräulein!«

Tamta piepste irgendwas.

Die Tür öffnete sich und Alexandre Toduas schwarzer Kopf erschien.

Mir ist bisher noch nie einer untergekommen, zu dem sein eigener Name so wenig passt, kam Wato in den Sinn.

»Hal-li-hal-lo!«, trällerte Sandro und lächelte ihn an.

Wato nickte und winkte ihn herein.

Sandro schaute noch einmal in den Flur zurück – wahrscheinlich angeekelt; die arme Tamta! – und betrat das Büro.

»Hier gibt's Aircondition, geil ...«

Der Junge stellte eine enorm große Tasche aufs Sofa, zog den Stuhl, der dem Ermittler gegenüber stand, zurück, setzte sich, lehnte sich an und folgte Watos Blick.

»Wenn du die Tasche meinst, da ist nichts Interessantes drin. Ich mach sie auf, wenn du willst. Damit du nicht denkst, ich würde Flaschen sammeln ...«

»Das ist nicht nötig.« Wato gefiel der legere Ton nicht, und er schaute seinen Gast kritisch an. Der Junge trug eine Halskette.

Vielleicht ist sie aus Türkis. Wofür braucht er die nur?!, dachte Wato.

»Sag mir eins ... nein, keine Angst, du stehst nicht mehr unter Verdacht.«

»Ich hab keine Angst mehr.« Sandro zeigte ein breites Grinsen. »Na los, ich sag dir alles.«

»Verrate mir erstmal, warum du nicht gesagt hast, wo du gewesen bist.«

»Was hätte es dir genützt, das zu wissen?«

»Was es mir genützt hätte? Dir hätte es genützt.«

»Mir hätte das überhaupt nichts genützt. Ganz und gar nichts.« Sandro seufzte und fing an, in der Tasche seiner Jeans zu kramen. »Hier kann man doch rauchen?«

»Ja«, antwortete Wato, öffnete die Schreibtischschublade, holte einen Aschenbecher heraus und ließ ihn zu Sandro hinübergleiten. »Ich muss nur die Klimaanlage ausschalten, warte ...«

Wato stand auf. Sandro schaute ihm neugierig nach.

»Hast du nicht eine Sekretärin? Was tut denn dieses Mädel überhaupt?« Er deutete mit dem Kopf Richtung Flur. »Läuten, kling-kling, ›Meine Liebe, schalt mir mal die Klimaanlage aus‹ oder so in der Art –«

»Nein«, unterbrach ihn Wato, »und weiter?«

»Was – und weiter?«

»Dein Alibi.«

»Tjaaa ...« – Sandro blies den Rauch nach oben – »ich wollte nicht tratschen. Wozu auch ...«

»Zum Beispiel um den Verdacht auszuräumen.«

Sandro winkte mit der Zigarettenhand ab und blickte zur Seite.

»Also?«, hakte Wato nach.

»Gaga ist ein toller Mann. Wahnsinnig toll. Warum hätte ich etwas verraten und damit seinen Ruf in den Dreck ziehen sollen?« Dann schaute er Wato schief an. »Er war früher mal Elisos Liebhaber«, sagte er leise.

»Mannomann!«, sagte Wato amüsiert.

»Das ist eine Ewigkeit her.« Sandro hob den Kopf. »Wirklich eine Ewigkeit. Aber es war so. Auch wenn es sonst keinen Grund gab, auf seine Familie Rücksicht zu nehmen, war mir das trotzdem nicht egal ...«

»Und dann, was war mit der verstorbenen Elisabeth?«

»Zu dem Zeitpunkt konnte ich gar nicht ahnen, dass sie gestorben ist« – Sandro fand das Wort unheimlich und verbesserte sich – »dass es ihr egal ist. Alles … Aaah!« Der Junge schloss die Augen und schüttelte den Kopf. »Ihr war das sowieso egal, das weiß ich genau. Sie waren sehr eng befreundet, Elo war verrückt nach Gaga. Er auch nach ihr. Aber was weiß ich … Elo und ihr Verflossener – und ich …« Sandro musste schlucken und schaute auf seine Fingernägel. »Storchi wird mir den Arsch aufreißen …«

»Das musst du mir erklären, ist dieser Gaga schwul?«

»Schwul nicht …«

»Was dann?«

»Willst du nun Elisos Mörder finden oder auf meinen Arsch aufpassen?«

»Mensch, Junge, drehst du jetzt völlig durch?« Wato wurde ärgerlich.

»Natürlich dreh ich durch, was denn sonst!« Sandro drückte die Zigarette aus und putzte mit dem Mittelfinger unsichtbare Asche vom Tisch. »Du würdest wohl nicht durchdrehen? Ich bin durchgedreht, wie auch nicht! Da drehst du durch … Ja, ich dreh durch!«

Sie verstummten. Watos Ärger verflog allmählich. Sandro tat ihm leid. Der Junge hatte den Blick abgewandt und fummelte an seiner Schläfe herum. Dann wandte er sich wieder Wato zu.

»Na gut«, sagte er, »kriegen wir uns wieder ein.«

So ein frecher Kerl, dachte Wato.

»Wozu hast du mich herbestellt?«

»Ich muss dich einiges fragen.«

»Das hab ich schon gemerkt«, antwortete Sandro.

»Also, wenn du's gemerkt hast …« Wato griff nach einem Füller, den er überhaupt nicht brauchte, blätterte in einem Notizblock herum und setzte einen geschäftsmäßigen Blick auf. ›Wato+Nato=Was? Ich liebe dich!‹ und

Herzen. Schnell überblätterte Wato den Zettel. »Ich höre«, sagte er zu Sandro, »erzähl ...«

»Was? Langweilt dich das nicht?«

»Junge, bist du überhaupt schon mal bei der Polizei gewesen?«

»Nein, was sollte ich denn da? Ich war einmal im Kommissariat und war bis über beide Ohren mit Respekt erfüllt ... Ja, was gibt's da zu lachen? Das ist überhaupt nicht lustig!«

»Was wolltest du denn im Kommissariat, um Gottes willen?« Irgendwie fand Wato den Gedanken lustig.

»Ich wollte zur Reserve«, erwiderte Sandro. Irgendwie war ihm gar nicht nach Lachen zumute.

»Wurdest du eingezogen?«

»Nein. Ich bin selbst hingegangen. Was ist? Wundert dich das? Jaja, du schaust mich genauso komisch an wie die. Und wenn schon ...«

»Nein, nein«, sagte Wato kopfschüttelnd, »ich schau dich überhaupt nicht komisch an. Es ist nur ... zur Reserve ... freiwillig ...«

Freiwilliger Alexandre Todua – Wato musste sich das Lachen verbeißen.

»Weißt du, Wato«, hob Sandro an, »ich hab kein Geld. Überhaupt keins. Was wir manchmal hatten, Elo und ich, haben wir für Essen ausgegeben. Ich – ihres, sie – meins. Bei Elo kam mehr rum. Ich hatte nie Geld fürs Training. Was Billiges könnte ich vielleicht auftun, irgendein stinkendes Studio ohne Dusche, aber stell dir mal verschwitzte Macho-Gewichtheber vor! Bloß nicht. Also, ich möchte ja trainieren. Und ist so ein Monat in der Reserve nicht besser als rumzurennen wie ein Verrückter, am Flussufer, zwischen Autoabgasen und Heuschrecken und dabei nachts Fledermäuse wegzuscheuchen? Ich hätte zumindest Schießen gelernt.«

»Wozu das denn?«

»Um das Haus zu beschützen. Oder auch Eliso. Um Sochumi zurückzugewinnen. Du denkst wohl, ich bin ein schlechterer Krieger als du? Ich wollte einfach schießen lernen. Mehr nicht ...«

»Mit Krieg kenne ich mich genauso wenig aus wie du«, sagte Wato.

»Aber schießen kannst du doch, oder? Irgendwie kannst du doch dein Haus schützen? Oder glaubst du, ich bin wie die tollen Helden, die im August '08 dicke Tränen vergossen haben?«

»Nein«, erwiderte Wato und meinte es ehrlich, »du bist also hingegangen. Und dann?«

»Ach, egal.« Sandro zog einen Ring ab, betrachtete seufzend den weißen Streifen, der an seinem Finger zurückblieb, und steckte ihn wieder an. »Im Kommissariat haben sie gesagt, wir machen jetzt die Augen zu und zählen bis zehn, und wenn wir sie wieder aufmachen, bist du gefälligst verschwunden.«

»Und sie haben dich nicht genommen?«

»Nein. Elisabeth hat mich zwei Jahre lang deswegen ausgelacht.«

Wato war verwirrt und zuckte mit den Achseln. Er wollte irgendwas sagen, aber überlegte es sich anders und meinte streng zu Sandro:

»Na gut ... Also, fangen wir am Anfang an.«

»Au Mann ...« Sandro streckte die Brust raus und ließ seine Halswirbel knacken. »Langweilt dich das nicht?«

Wato ließ sich nicht beirren.

»Was hast du für eine Beschäftigung?«

»Wie bitte?«

»Arbeitest du, studierst du – was machst du?«

»Ich bin mein ganzes Leben lang schon selbständig«, antwortete Sandro sehr ernst.

Wato legte den Füller beiseite und schaute Sandro in die Augen. Der hatte einen naiven Blick aufgesetzt.

»Verarschen kann ich mich selber«, sagte Wato leise.

»Wer hat denn damit angefangen?«

»Mann!«

»Nein. Wirklich nicht.« Sandro lächelte. »Ich verarsch dich nicht. Da hab ich Besseres zu tun. Nur, es ist so, wie soll ich sagen … Ich hab die Akademie abgeschlossen, aber das Diplom noch nicht bekommen – ich hab geschwänzt und hab Schulden … Und nun hab ich keinen Abschluss.«

»Wovon lebst du?«

»Ich nehme Bestellungen entgegen.«

»Was für Bestellungen?«

»Ich kleide Frauen ein. In Madgas Keller arb… hab ich ein Atelier. Je älter und hässlicher die Frau, desto mehr bezahlt sie. Geld.« Sandro lächelte und breitete die Arme aus. »Also, das wünscht man seinem ärgsten Feind nicht, die nackt zu sehen … nun ja … Mal dies, mal jenes. Wozu willst du das wissen?«

»Ist Vorschrift.«

»Na gut.«

Sandro holte eine Schachtel Zigaretten aus der Tasche, legte sie auf den Tisch und gab Wato zu verstehen, er solle sich bedienen. Wato schüttelte den Kopf und betrachtete Sandros Hand. Starke, dunkle Finger und Silberringe.

Sandro steckte sich wieder eine an, zog den Aschenbecher heran und begann:

»Jetzt arbeite ich und die Situation wird etwas ermüdend … Kennst du diese Sendung ›Wenn ich ein Star wäre‹ oder sowas? Ist britisch. Oder? Jedenfalls gibt es die … Und jetzt wurde entschieden, so eine Sendung auf Georgisch auszustrahlen und ich werde alle einkleiden, ich glaub, sogar die Beleuchter. Viele Leute, viel Rennerei, viele Idioten, viele Erfahrungen, wenig Geld. Aber irgendwas wird schon dabei rauskommen ... Immerhin stellen sie einen Fahrer, Verpflegung und ein bisschen schwarzes Kleingeld zur Verfügung. Kurz gesagt, ich hetze mich ab, bis mir die Zunge heraushängt und ab und zu läuft mir die Spucke aus dem Mund, zum Beispiel, wenn ich mit einem Näher zusammensitze, der mir was erklärt und ich träume mit offenen Augen ...«

Wato hörte aufmerksam zu und wandte den Blick nicht von ihm ab. »Du siehst gar nicht so aus, als würde dir die Zunge heraushängen ...«

»Elo hat mich stets ermahnt, kein Fallobst zu essen und mich nicht hineinzusetzen – und es könnte eine Eidechse drin sein oder eine Blindschleiche ... Wenn ich heutzutage Fallobst sehe, werde ich irre und esse es auf, wenn eine Blindschleiche dabei wäre, die stört mich nicht, zappelt ein bisschen und erinnert mich daran, dass ich lebendig bin ...«

Sandro aschte ab und lehnte sich zurück.

»Mich kotzt das alles an und es interessiert mich nicht, mir platzt der Kopf, aber wenn ich mich da nicht durchkämpfe, was wird dann dabei herauskommen? Nichts. Hat trotzdem alles keinen Arsch. Dabei, ist Kopflosigkeit nicht besser als Arschlosigkeit? Ich weiß nicht, wo mir der Kopf steht, aber ich laufe herum ... Wie soll man etwas machen, ohne dass man Arsch in der Hose hat? Es braucht Arsch in der Hose, Arsch!«

»Mensch«, Wato musste lachen, »fällt dir nicht auf, dass du hier ziemlich auf Kumpel machst?«

»Ich?«, fragte Sandro zornig. »Na und, wer hat damit angefangen?«

Schweigen. Eine fette Fliege prallte ans Fenster und summte. Vom Flur her drang ein Handyklingelton: »Maria, Maria…« Wieder Stille. Sandro zog eine Augenbraue hoch.

»Sind wir fertig?«

»Nein«, antwortete Wato, »wir fangen gerade erst an. Hast du gewusst, dass Elisabeth dich in ihrem Testament bedacht hat?«

»Nein«, erwiderte Sandro und schluckte wieder, »woher denn? Hätte ich das gewusst, hätte ich es ihr vor die Füße geworfen.«

»Was denkst du – warum hat sie es geschrieben?«

»Weil ihr Bruder ein Wichser und die Schwägerin eine Schlampe ist.«

»Kennst du sie?«

»Kennen ist zu viel gesagt, ich hab die Schwägerin mal gesehen. Sie kam einmal vorbei. Oder eher: kam vorbeigekrochen.«

»Was soll das heißen?«

»Wie eine Schlange. Sie brachte ihre Bastarde mit. Um bei Elo auf die Tränendrüse zu drücken. Zwei Kinder hat sie, genau so hässlich wie sie selbst. Haben alles weggefressen …«

»Erzähl von vorn«, ermahnte ihn Wato.

»Mann« – Sandro lehnte sich über den Tisch und blickte Wato in die Augen – »du bist so ein großer Kerl und ich hab dir schon zehnmal durch die Blume gesagt, ich hab Hunger und falle gleich vom Stuhl! Komm schon, lass uns was essen gehen, hast du kein Erbarmen?«

»In dieser Hitze?«

»Hitze, na und, ich werde wohl kaum Wurst und Wodka bestellen … Wir gehen einfach irgendwo hin, ganz gediegen. Wenn du nichts willst, iss eben nichts, trink halt ein Bier. Ich lade dich ein, verdammt noch mal. Gib dir 'nen Ruck!«

»Na gut, dann los«, seufzte Wato und stand auf.

»Nicht wirklich ...«

»Was?«, fragte Wato verwirrt.

»Ich kann dich nicht wirklich einladen«, sagte Sandro lachend, »naja, egal ...«

»Komm mit, Mann«, sagte Wato, »hopp, hopp!«

»Gut!«

Sandro sprang auf und ergriff die Tasche. Plötzlich drehte er sich um.

»Sag mal deiner albernen Sekretärin oder was sie ist, wenn sie schon ihre Haare färbt, dann richtig. Was ist nur mit ihrem Kopf passiert? Sieht ja aus wie eine Eselsperücke!«

Eins dachte der Polizist noch beim Rausgehen: Wenn mich einer zusammen mit dem Typen im Restaurant sieht, wird mich das für alle Zeiten ins Unglück stürzen. Doch dann redete er sich gut zu: Es ist sehr heiß, und Mitte August ist die Wahrscheinlichkeit relativ gering, jemandem zu begegnen. Außerdem blieb bis zur Verabredung mit Nato noch eine Menge Zeit.

Zwölftes Kapitel

Wato würde alles lieber tun als zum Schneider zu gehen. Aus seiner Kindheit war ihm bitter in Erinnerung geblieben, dass schon seine Mutter ihn dorthin gezerrt hatte. Zum Schneider, und dann noch mit Nato! Dann doch lieber Selma und ihre Secondhand-Klamotten ... Aber Nato hatte ihn in die Mangel genommen und gesagt, wir haben es ja besprochen, deinetwegen haben die Leute den Laden bis jetzt nicht geschlossen, das ist ja peinlich; komm mit, ich hab mir doch wegen dir Mühe gegeben; du sollst doch wissen, wofür du bezahlst; du gibst doch das Geld, du sollst doch sehen, wofür ich es ausgebe; es ist doch schließlich auch deine Hochzeit.

»Schau mal, genau wie in Pretty Woman«, plapperte Nato, »du setzt dich in den Sessel, ich geh rein, zieh mich um, drehe mich, du sagst irgendwas zu mir ... Das ist doch supi, oder?! Na klar!«

Wato wollte nicht, aber es half alles nichts.

Wenn er gewusst hätte, was ihn erwartete, wäre er nie-niemals in dieses Atelier mitgekommen. Er hätte sogar die Hochzeit verschoben. Er hätte wahrscheinlich überhaupt nicht mehr geheiratet. Aber er wusste es nicht und ließ sich reinlegen – er kam mit.

In dem Stadtviertel war ihm von Anfang an unbehaglich zumute. Als er die Straße erkannte, wurde ihm bange. Dann stieg Nato aus dem Auto und bog um die Ecke, und als Wato ihr folgte, traf ihn der Schlag.

Vor Magdas Haus stand Sandro und rauchte. Als er Wato sah, nahm er Haltung an und salutierte, sehr theatralisch und elegant. Dann – extra für Wato! – herzte er Nato.

»Drinnen wird nicht geraucht«, betonte Sandro. »Ja, was denn? Die Kleider würden sonst stinken.«

Vorneweg Sandro, Wato und Nato hinterdrein.

Wäre ich nur in die Türkei abgehauen.

»Woher kennst du den?«, flüsterte Wato Nato zu.

Sandro hatte das mitbekommen und selbst an seinem Nacken konnte man erkennen, dass er sich innerlich köstlich amüsierte.

»Aus der Musikschule. Wir haben zusammen im Chor gesungen«, antwortete Nato.

»Hä?«, entfuhr es Wato, just im gleichen Moment musste er an Vinciko denken.

»Was denn?« Sandro drehte sich um. Er freute sich von ganzem Herzen. »Was ist, meinst du etwa, ich kann das nicht? Ich war super, weißt du?«

»Aber natürlich«, mischte sich Nato ein, »singst du jetzt gar nicht mehr?«

»Nein«, antwortete Sandro und blickte Wato schief an. »Wundert dich das?«

Wato gab keine Antwort.

»Es wundert dich«, stellte Sandro fest. »Mich auch.« Dann sagte er etwas milder: »Wie hätte ich auf den Gedanken kommen können, dass sie dich heiratet. Beruflich bin ich wirklich gut. Keine Sorge.«

Sie liefen ungefähr zehn Schritte und dann wusste auch Nato darüber Bescheid, wo, warum und wie Wato Sandro kennengelernt hatte.

»Kannte ich diese Frau?«, fragte sie Sandro.

»Nein, ich wüsste nicht, woher …«

»Ah, sehr gut!« Nato wurde plötzlich überschwänglich.

Sie gingen einigen Stufen hinunter und Wato erblickte von der offenen Tür aus eine sehr unerwünschte Gesellschaft im Raum: Storchi, die Queen und Manana. Storchi saß auf einem niedrigen Stuhl und klimperte auf der Gitarre herum.

»Geh rein, geh rein«, sagte Sandro. »Nato. Das ist sie.«

»Ein neues Opfer«, erklärte Nikolos, sah Wato an und zog eine Augenbraue hoch.

Storchi schaute nur auf, sagte aber nichts. Die Queen reichte Nato eine Hand, mit der anderen winkte er jedoch in Mananas Richtung:

»Das ist Manana. Ich bin Nikolos.«

»Angenehm!«, flötete Nato.

»Grüß dich!«, sagte Manana.

Stille. Manana hielt es nicht aus.

»Geht es um deine Hochzeit?«

»Ja.« Nato nickte. Dann drehte sie sich zu Sandro um. »Nun denn, die Kleider!«

»Glückwunsch!« Manana ließ sich nicht bremsen.

»Vielen Dank«, sagte Wato.

Sandro nahm Nato mit hinter den Vorhang. Eine künstliche Perle blinkte auf.

»Ach du meine Güte!«, war Natos Stimme zu hören.

O mein Gott, bring mich fort von hier, betete Wato innerlich. Bring mich fort von hier und tu mit mir, was du willst!

Storchi ließ ihn nicht aus den Augen.

Was sie nur gegen mich hat, dachte Wato.

Immer noch Schweigen.

Aus dem Hinterzimmer des sogenannten Ateliers war Natos Gezwitscher zu hören.

»Hey du« – das war die Queen – »warum setzt du dich nicht?«

»Ist nicht nötig«, sagte Wato.

»Doch, ist nötig«, sagte die Queen, »du wirst zusammenbrechen. So einfach lässt Sandro sie nicht wieder gehen.«

»Dann bleibt mir wohl nichts anderes übrig.« Wato setzte sich neben Manana auf die durchgesessene Liege. Er sah sich aufs Neue um und dachte an die Glitzersachen aus Sandros Tasche, die verstreut auf dem Fußboden des Korridors gelegen hatten.

Kommt einem vor, als wäre es schon hundert Jahre her, dachte Wato.

Sandro kam zurück.

»Sie probiert was an«, sagte er zu Wato, »und dich werde ich richtig ausnehmen.«

Das bezweifle ich nicht, dachte Wato.

»Mensch, von mir bekommst du nur das Beste«, sagte Sandro aufgekratzt. »Ich bringe Glück. Stimmt's, Storchi?«

»Tatsache«, antwortete Storchi, legte die Gitarre beiseite, stand auf und reckte sich. »Hör mal, willst du mich alte Frau wirklich zum Rauchen auf die Straße jagen?«

Sandro verdrehte die Augen.

»Rauch doch einfach, Mensch!«

Storchi setzte sich wieder und blickte sich um.

»Wo soll ich hinaschen?«

»Ey, du!« Nun meldete sich Nikolos zu Wort. »Habt ihr ihn erwischt?«

»Wato!«

Wato hatte sich noch nie so sehr gefreut, Nato rufen zu hören, wie jetzt.

»Ui, komm, guck mal!«

Wato ging hinaus.

Nikoliko schaute Storchi an, Storchi Nikoliko.

Dann schauten beide auf Sandro. Der verdrehte die Augen. Manana hielt sich die Hand vor den Mund.

»Hast du das gewusst?«, fragte ihn Nikoliko leise.

»Nein.« Sandro baute sich auf und schüttelte den Kopf. Dann rief er: »Erster Akt! Kann's losgehn?«

»Sing bloß nichts geologikisches, sonst dreh ich durch!«, sagte Sandro.

»Geologisches«, berichtigte ihn Storchi und legte die Hand auf die Saiten, »und so 'n Herzschmerzlied auch nicht ... Nein. Irgendwas Schönes. Über Glück und so. Irgendwas, was wir alle kennen. Sie auch«, sagte sie zu Nato, die mit einem engen weißen Kleid ausstaffiert war, und fügte unerwartet hinzu: »Singen Sie doch mit. Aber das da müssen Sie erst bezahlen. Machen Sie es bloß nicht dreckig. Es steht Ihnen sehr gut.«

Storchi beugte den Kopf und hob mit sehr tiefer Stimme an zu singen, ein bisschen undeutlich.

Najaaa ..., dachte Wato.

Somewhere over the rainbow, way up high,
There's a land that I heard of once in a lullaby ...

Aber dann nahm sie den ersten Akkord auf, streckte die Brust raus, und Wato merkte, dass Storchi fantastisch singen konnte.

Somewhere over the rainbow, skies are blue,
And dreams that you dare to dream really do come true ...

Storchi konnte gut singen und lügen. Es gibt keine Erde, über der der Himmel immer nur blau ist. Träume werden nicht wahr – alles Lüge, Storchi! Storchi belog auch sich selbst, Elo liebte dieses Lied auch und deshalb singe ich es, meinte sie – was hat das für eine Bedeutung? Für Elo keine, überhaupt keine, nirgends, auf keine Art und Weise, sie ist tot, hört das nicht mehr, kann das nicht sehen, nicht fühlen, sie ist gestorben. Sie hatte das Lied damals geliebt, vor vielen Jahren, als Storchi ihr im Hof, bei dem ständig fließenden Wasserhahn, gesagt hatte, ihr Vater habe ihr erzählt, »Der Zauberer der Smaragdenstadt« sei angeblich das gleiche Märchen wie »Der Zauberer von Oz«, zwar anders, aber irgendwie doch das gleiche, und Elo liebte den »Zauberer der Smaragdenstadt« und verliebte sich also auch in das Lied, ab und zu bat sie Storchi: »Komm schon, Rainbow, Storchi!« und Storchi sang:

Someday I'll wish upon a star ...

Storchi wusste genau, dass der Regenbogen eine Täuschung ist, eine Erscheinung, und dass sich Himmel und Erde niemals versöhnen werden. Storchi hatte einen großen, siebenfarbigen Regenbogen erst ein einziges Mal gesehen, am Ladoga-See, als sie sich im Kloster nach Niniko erkundigt hatten und mit eingezogenem Schwanz zurückgekehrt waren; Elo schrie los, machte sich über Storchi lustig: »Lass uns abhauen, Mädel! Sieh mal, es ist gleich um die Ecke, das schaffen wir!« Ach, Elo ... Einen Scheiß schafften sie, und als Storchi zu weinen anfing, weinte auch Elo, bitterlich und furchtbar, nur der Regenbogen stand am Himmel, ein riesengroßer, bunter, außergewöhnlicher Bogen, unglaublich schön über dem Ladoga-See, aber Elo ging das am Arsch vorbei und Storchi auch.

Storchi warf den Kopf zurück, schloss die Augen und vernahm Sandros Bassstimme:

Somewhere over the rainbow, blue birds fly,
Birds fly over the rainbow,
Why then oh why can't I?

»Weil Storchi kein Vogel ist!«, ergänzte Sandro, aber seine Bemerkung ging unter. In der Tür stand Magda, von hinten drängelten die Kinder, aber Magda merkte das nicht, winkte, sie sollten nicht aufhören, und sang mit voller Stimme.

»Weiter, weiter, Magda!«, rief Sandro und Magda vollendete das Lied, bezaubernd, wie von Sinnen, so, wie es nur Magda konnte.

If happy little bluebirds fly, beyond the rainbow,
Why oh why can't I?

»Somewhere over the rainbow ...«, sang Nato im Auto halblaut vor sich hin.

Es wurde wieder Nacht, eine schwarze, heiße Tbilisser Augustnacht.

Auf dem Rücksitz lagen zwei Kleider. Nato hatten beide gefallen. Wato weder das eine noch das andere.

»Somewhere over the rainbow ...«, sang Nato halblaut vor sich hin. »Wie geht der weiter, der Text?«

»Weiß nicht«, antwortete Wato.

Nikolos gab letzte Instruktionen:

»Morgen noch und dann ist Schluss. Wem zum Heulen ist, der sollte jetzt heulen, morgen machen wir uns nicht gegenseitig wahnsinnig. Wir springen Gaga nicht ins Gesicht, ihr macht ihm seine Frau nicht verrückt, die ist nämlich schon verrückt und außerdem misstrauisch. Wir kleiden uns gesittet. Sandro, du hältst dich raus. Das fehlte uns gerade noch, dass du in Ohnmacht fällst ... Storchi-Mutter und die Zwillinge sind schon Strafe genug. Ja ... Magdalene, um Storchis Garderobe kümmerst du dich, ich will keine Ketten und keine Glöckchen sehn. Wir begrüßen den lieben Dimitri und seine Frau, aber nicht übertrieben. Wenn die Frau aufmuckt, schmeiß ich sie raus. Was noch ... Toma hat gesagt, sie bliebe zuhause und passt auf. Was noch ... fast fertig, oder? Und nochmal: Wenn er kommt, sagt mir Bescheid. Verstanden? Na los, gehen wir Pippi machen und dann schlafen.«

Storchi saß im Taxi. Der Fahrer stank. Alle Fenster waren offen, aber er stank trotzdem. Storchi streckte ihren Rücken – sie ekelte sich vor dem Sitz. Von der Frontscheibe baumelnd schauten Storchi Tausende Heilige entgegen und der Fahrer hörte genau jenes russische Lied, welches in Storchi die Mörderin erwachen ließ: »Schokoladnyi saitschik« – »Schokohäschen«.

»Könnten Sie das vielleicht abschalten?«, fragte sie den Fahrer. Als Antwort erntete sie nur einen schiefen Blick. »Nein? Also nicht«, ergab sich Storchi, »ich dachte nur, Sie schalten es aus und ich singe Ihnen was vor. Wenn nicht, dann nicht.«

Dreizehntes Kapitel

Barfuß, zerzaust, verheult, kurz gesagt: Storchi sah furchtbar aus, wie sie so auf dem Teppich saß und ihr Knie malträtierte.

Manana konnte, war ja klar, das Schweigen nicht ertragen.

»Steht dir, das Kleid«, sagte Manana zu Storchi, »du solltest es ihr nicht zurückgeben. Magda zieht es sowieso nicht an.«

Storchi schaute auf.

»Weißt du, was das für ein Kleid ist?«

Manana schüttelte den Kopf.

»Frag deine Mutter, sie wird's dir sagen. Das nehme ich ihr nicht weg. Sie wird es mir auch nicht geben. Wie ich mir den Kopf zerbrochen habe, was ich auf Elos Beerdigung anziehen soll ...«

Storchi stand auf. Das Kleid war ihr zu kurz.

Es steht ihr überhaupt nicht, dachte Sandro, Manana, du Dummkopf.

Das ist Storchi, dachte Manana.

Storchi aber stand da, mit gesenktem Kopf und hängenden Schultern, und schaute irgendetwas an. Wahrscheinlich nichts. Sie angelte wohl wiedermal.

»Was sollen wir jetzt machen?« Erneut unterbrach Manana das Schweigen.

Storchi richtete sich auf.

»Jedenfalls«, sagte sie, überlegte es sich anders und kniete sich wieder auf den Teppich, »darum werde ich mich kümmern. Das ist meine Angelegenheit. Hauptsache, dieses Arschloch bekommt das nie raus. Einen Scheiß wird er rausbekommen. Das weiß ich.«

Manana verstand nichts.

»Wovon redest du?«

»Ich bring ihn um«, antwortete Storchi, »ich weiß zwar noch nicht, wie, aber mir fällt schon was ein. Ich brauch ein bisschen Zeit, um mich zu ordnen. Aber ich krieg das hin. Storchi ist schlau.«

Manana schaute sie mit großen Augen an.

»Er kennt mich, das ist das Blöde daran«, fuhr Storchi fort, »ich sag dir, ich verwandle mich in jemanden, oder ich bring ihn dazu, dass er mich mag und mit nachhause nimmt ... Alle Nutten der Stadt hatte er zuhause, verdammt, aber Storchi kann er nichts anhaben ... mir fällt bestimmt was ein.«

Wieder Schweigen. Sogar Manana schwieg und schaute mal zu Storchi, mal zu Sandro.

Lacht doch jetzt mal, dachte Manana, und sagt mir, dass das ein Scherz ist ...

Storchi erriet ihre Gedanken.

»Weißt du, Manana«, sagte Storchi, »Elo war einmal ein kleines Mädchen. Damals gab es deine Mutter noch nicht, denke ich, oder sie wird sich nicht daran erinnern ... Also, als Elo klein war, konnte sie das K nicht aussprechen, und die anderen Kinder lachten sie aus. Ich kann mich gut daran erinnern. Selbst die Erwachsenen lachten über sie und dachten sich nichts dabei. Ist doch ein Kind, was soll ihm das schon ausmachen? Und sie amüsierten sich ... etwa so: Na Elo, sag mal ›Nussknacker‹, und Elo sagte klug: ›Nusstnatter‹, und diese Idioten lachten ... Eines Tages kam Elo zu mir und sagte: ›Lach mich niemals aus, Storchilein. Wenn ich mir vorstelle, dass du mich auch auslachst, Storchilein, das würde meinem Herzen einen Tnatts geben!‹ Und sie faltete die

Hände vor ihrem Herzen und fing an zu weinen, Manana! Meine Elo weinte!«

Storchi fing bitterlich an zu weinen.

»Wieso sollte ich sie auslachen, ich hatte nur Vater und Elo, niemanden sonst, wieso sollte ich meine Schwester auslachen ...«

Storchi zog den Kopf ein und fuhr sich mit den Händen durch die Haare.

»Storchi« – Manana sprang vom Bett und hockte sich zu ihr hin – »meine Güte ...«

»Ach, Manana«, erwiderte Storchi, den Kopf immer noch gesenkt, »ach, mein Sonnenschein ...«

»Storchi«, sagte Sandro laut, »weißt du, was ich mir überlegt habe? Aber lach mich nicht aus.«

Storchi blickte auf und Sandro wurde nervös.

»*Ich* bring ihn um. Ich weiß, wie. Manche können doch jemanden mit Zauberkraft töten, oder? Ich geh zu dem Mullah oder wem ...«

»Mensch«, sagte Storchi leise, »bist du schon völlig durchgeknallt von der Hitze?«

Sandro schürzte die Lippen, sein Kinn runzelte sich.

»Ich sag dir eins«, sagte er zu Storchi. »Ich versuch's. Was kann mir schon passieren?«

»Weißt du, du gehst mir ganz schön auf den Geist«, sagte Storchi wieder leise.

Sandro hatte sie falsch verstanden und ängstigte sich furchtbar:

»Schmeiß mich heute Nacht nicht raus, meine Storchi«, bettelte Sandro, »ich dreh durch, Storchi. Aber dorthin geh ich trotzdem nicht, dann lieber zu meiner Mutter, schneide ihr die Kehle durch und tripple selber zu Watato. Oder ich gehe wieder rauf zu Magda. Oder ich geh auf den Schwulenstrich und werde da umgebracht, aber lieber sterbe ich, als dass ich dort bleibe!«

Storchi wunderte sich.

»Hab ich gesagt, du sollst gehen? Ich sag doch nur, du bist verrückt geworden … Wir sollten alle drei erstmal drüber schlafen, oder?«

»Oooh!« Manana regte sich auf. »Soll er doch zu Magda gehen! Wie ein rotköpfiger Dämon schnarcht der!«

Storchi musste lachen.

»Der, Mädel? Rotköpfig?«

»Ja, genau, warum gerade rotköpfig?«, fragte Sandro interessiert.

»Schwarzrot«, berichtigte ihn Storchi, »nun, warum?«

»Na, Dämonen sind doch rotköpfig«, sagte Manana überzeugt. »Von wegen rotschwarz. Ist es nicht so?«

»Ich hab keine Ahnung.« Storchi zuckte mit den Schultern. »Von rotschwarzen hab ich auch noch nie gehört.«

»Sie haben schwarze Haare«, sagte Sandro, »das weiß ich genau.«

»Pah!« Manana war gut gelaunt. »Sandrolein, der Dämonologe!«

»Ich weiß es aber«, sagte Sandro eingeschnappt. »Elo hat es mir gesagt. Und Elo hat es von Gaga.«

Manana wollte gerade wieder loskichern, doch plötzlich setzte sich Storchi auf und hielt sie mit einer Geste zurück:

»Wart mal«, wandte sie sich an Sandro, »Mann, hast du Gaga irgendwas erzählt?«

»Worüber?«

»Na, worüber schon!«

»Spinnst du?«

»Wer spinnt hier, wir alle wissen Bescheid! Mann!«

»Warum sollte ich ihm was sagen, ich bin doch nicht blöd!«

»Was weiß ich denn!«

»Wart mal.« Manana vollendete das friedliche Geplänkel. »Und Gaga weiß es?«

»Was?«, fragten Storchi und Sandro wie aus einem Munde.

»Na, unsere Angelegenheit ...«

»Spinnst du etwa?«, knurrte Sandro sie an.

»Wie sprichst du denn mit dem Kind!«, schrie Storchi.

»Tschuldigung, Manana.« Sandro tat es wirklich leid. »Die Alte macht mich ganz irre.«

Storchi winkte nur ab.

»Hey du«, Manana war ein sehr neugieriges Wesen, »was hat Gaga ihr gesagt – dass sie schwarz sind?«

»Ja«, antwortete Sandro, »angeblich hat er einen gesehen und der hatte schwarzes Fell. Und der große Alasani-Fluss reichte ihm kaum bis zum Knie.«

»Das hat Gaga gesagt?«, bohrte Manana nach.

»Dämonen und Väterchen Frost!«, fuhr Storchi dazwischen und richtete sich auf. »Rede dem Kind doch keine Dummheiten ein! Ich werd mal kurz gucken gehen, ob sie noch mit Kartenlegen beschäftigt ist. Au weh, mein Knie, mein Knie ...«

Manana sah Storchi kurz hinterher und wandte sich wieder Sandro zu.

»Junge, warum verbergt ihr das vor Gaga? Weil er so ein toller Mann ist, stimmt's?«

Sandro öffnete den Mund, aber es war ihm nicht vergönnt, noch etwas zu sagen – Storchi kam zurück. Langsam schloss sie hinter sich die Tür und lächelte Manana an, ein bisschen dümmlich.

»Mananalein, mein Sonnenschein«, sagte Storchi, »du musst etwas für mich in Ordnung bringen, meine Gute. Ich bitte dich, sei nicht böse, ja? Du bist doch meine kleine Manana.«

Manana schaute Sandro erstaunt an. Auch Sandro blieb der Mund offen stehen.

»Na klar, sicher!«, erwiderte Manana. »Was immer du willst …«

»Ich wasche mich jetzt, bestimmt bin ich sehr verschwitzt … ich wasche mich, zieh mich um und geh zusammen mit dem Ekel da« – sie zeigte auf Sandro – »irgendwohin und besauf mich.«

»Mensch, Storchi«, sagte Sandro besorgt, »muss das sein?«

»Hast du keine Lust zu trinken?«, fragte Storchi.

»Ich schon, aber du?«

»Danach lass ich mir eine Spritze gegen den Kater verpassen. Ist mir völlig schnurz.« Storchi drehte sich wieder zu Manana um. »Du kannst machen, was du willst, ja? Wenn du willst, hol dir jemanden rauf. Der Kühlschrank ist voll. Wenn du willst, mach den Computer an, Bücher sind auch da, was weiß ich … Aber bloß nicht die verwirrte Alte alleine lassen. Die fackelt hier alles ab, und soviel verkrafte ich wirklich nicht, da krieg ich ’nen Anfall. Sie legt eine Patience und wird eine ganze Weile beschäftigt sein, denk ich mal … Okay, Manana? Wenn ich wiederkomme, bring ich dir mit, was du möchtest …«

»Wenn du mich oder dich mitbringst, das wäre auch gut!« Sandro dachte, wenn’s Storchi nicht kümmert, was soll’s mich kümmern, und war guter Dinge. »Ich schmeiß dich in den Fahrstuhl und komm auch mit, ich bin sowieso ein Unglücksrabe, scheiß drauf! Gehn wir zur Queen, ja? Wir kaufen was zu trinken und stehen bei ihm auf der Matte! Der schläft sowieso nicht!«

»Na los, ab geht’s«, stimmte Storchi zu. »Los, ruf ihn an. Manana, ich schulde dir was!«

»Lass gut sein, Storchi«, sagte Manana.

Storchi lächelte ihr zu und wollte hinausgehen, drehte sich aber noch mal um.

»Ach ja«, sagte Storchi, »eins interessiert mich. Wir hatten ja ein sehr sinniges Gespräch ... Soll ich annehmen, wir sind alle verarscht worden? Ja?«

»Keine Ahnung, Storchi«, erwiderte Manana.

»Ich kann überhaupt an nichts mehr denken, weißt du? Ich bin doch Storchi. Was soll ich denn noch machen ... Weißt du, wie toll ich bin ...«

»Ich weiß, Süße«, antwortete Sandro, »und ich bin auch toll.«

»Ja, mein Junge, natürlich ...«

Magda saß auf dem Bett und wartete auf die Entscheidung der Zwillinge. Normalerweise lief es so: Die Zwillinge badeten, legten sich hin und überlegten, welches Märchen sie gerne hören wollten, das sagten sie dann Magda und Magda erzählte. Ob sie das gewünschte Märchen nun kannte oder nicht, interessierte die Zwillinge überhaupt nicht, sie wollten es hören und Magda dachte sich was aus und erzählte.

Nun, was möchten wir heute hören?

Die Zwillinge dachten nach und auch Magda dachte nach:

Ich bringe ihn um. Wer wird schon herausbekommen, dass ich ihn umgebracht habe? Niemand. Ich klaue ein Auto, lauere ihm auf, versetze ihm eins und haue ab. Wer soll schon was merken. Es stehen zwar Kameras am Haus, sollen sie doch filmen, von mir aus. Das Auto von irgendwem. Oder gleich sein eigenes. Ha! Super Idee! Ich versetze ihm eins und dann hat sich die Sache erledigt. Genauso mach ich's. Oder einen Jeep. Ja, Jeep ist besser. So mach ich's. Ich bringe ihn um.

»Nun«, fragte sie die Zwillinge, »habt ihr euch was ausgedacht?«

»Wir wollen das über Margo hören«, erklärte eine von ihnen.

»Diese Geschichte oder noch eine andere?«, hakte Magda nach.

»Diese. Die von dem Mann und der Frau und von Margo.«

»Und weißt du, was noch?«, ergänzte die andere. »Erzähl uns die lange Version. Die lange Margo-Geschichte.«

»Gut«, stimmte Magda zu, »also Margo.«

Magda quetschte sich mit aufs Bett.

»Piep, piep, piep«, tönten die Zwillinge – Piep, piep bedeutete, dass alles gut hergerichtet war, alle waren im »Nest«, Magda sagte anschließend »Muh« – so war der Brauch – und begann zu erzählen:

»In einer Stadt, in einem Stadtviertel, im, ich glaube, siebten Stock eines Hochhauses lebte ein Mann. Der Mann war ein Säufer ...«

Die Zwillinge hörten aufmerksam zu.

»Dem Säufer fehlte nichts, er lebte gut. Er hatte sogar eine Frau, so etwas wie eine Geliebte. Die Frau kam ab und an kurz zu ihm, und ging dann wieder. Sie blieb nicht bei dem Mann, weil sie einen Ehemann hatte.«

»Ui«, sagten die Zwillinge aus einem Munde.

Magda nickte.

»Wirklich. Jedenfalls lebte bei dem versoffenen Mann eine Fledermaus, die hieß Margo. Margo liebte den Mann und der Mann Margo. Wenn der Mann die Hemdknöpfe aufmachte, kam Margo angeflattert, hängte sich an seine Brust, breitete die Flügel aus, legte die Wange an sein Herz und schlummerte süß. Tagsüber schlief sie so, und wenn es dunkel wurde, flog sie auf Jagd, fing Fliegen,

Mücken. Sie flog und flog und dann kehrte sie wieder zu ihrem Mann zurück.

»Und das Fenster blieb immer offenstehen, stimmt's, Magda?«

»Selbstverständlich. Der Mann schloss nie das Fenster, nicht mal im Winter, er wartete immer auf Margo. Wie das? Sie liebten einander doch sehr. Sie benahmen sich nur an jenen Tagen anders, an denen die Frau kommen sollte. Die Frau rief den Mann an und der sagte dann zu Margo: ›Entschuldige, Margo, die Frau möchte kommen und ...‹ und Margo löste sich von seiner Brust und versteckte sich hinter dem Schrank. Dort hing sie kopfüber, wie es für Fledermäuse üblich ist. Wenn die Frau dann gegangen war, kehrte Margo zu ihrem Mann zurück. So lebten sie.«

»Sie lebten gut.«

»Ja, sehr gut. So lebten sie, bis die Frau eines Tages ungelegen kam. Sie hatte sich nicht vorher angekündigt, sie stand aufs Geradewohl vor der Tür. Es klingelte, und als der Mann die Tür öffnete, was sah er da? Die Frau war gekommen!«

»Au weia ...«, riefen die Zwillinge erschrocken.

»Was soll man da machen? Der Mann konnte ja wohl kaum fragen, warum sie ohne Anmeldung gekommen sei. Er stand da und erschrak. Auch Margo bekam große Angst. Sie dachte, vielleicht könne sie ihrem Mann in die Achselhöhle schlüpfen, sich verstecken, und begann vorsichtig, ganz vorsichtig hinüberzukriechen. Die Frau wusste ja nicht, was los war, deshalb benahm sie sich wie immer: Sie trank einen Kaffee, redete über Politik und das Wetter. Dann jedoch umarmte sie den Mann und knöpfte sein Hemd auf.

»Au weia«, riefen die Zwillinge aufgeregt.

»Na, stellt euch das mal vor! Sie knöpfte sein Hemd auf und sieht sie da – eine Fledermaus! Margo reckte den Kopf aus der Achselhöhle und lächelte schüchtern, aber es half nichts – die Frau bekam trotzdem große Angst und schrie und kreischte!«

»Sie konnte ja nicht wissen, dass das Margo ist, stimmt's?«, sagte eins der Kinder. »Ja, sonst hätte sie sich nicht so erschreckt, stimmt's?«

»Ja, tatsächlich.« Magda nickte. »Außerdem war die Frau ein bisschen dumm, sie hatte doch nur eine Fledermaus gesehen, keinen Wolf ... dumm. Soll einer dumme Frauen verstehen ...«

Die Zwillinge brachen in Gelächter aus. Auch Magda musste lachen.

»Jedenfalls kreischte die Frau los, stürzte hinaus und knallte die Tür hinter sich zu.«

»Rums!«, riefen die Zwillinge.

»Ja, genau! Margo schaute den Mann erschrocken an. ›Bist du mir jetzt böse?‹, fragte ihn Margo.

›Ach Quatsch‹, antwortete der Mann. ›Im Gegenteil, entschuldige, dass die dumme Gans so gekreischt hat ... hat sie dich erschreckt?‹

›Überhaupt nicht‹, sagte Margo und lächelte.

Dann streichelte der Mann Margo und sie kehrte aus seiner Achselhöhle an ihren angestammten Platz zurück, an seine Brust. Sie breitete die Flügel aus, legte die Wange an sein Herz und schlummerte süß ein. Von nun an musste Margo nie wieder kopfüber hinter dem Schrank hängen.«

»Und sie lebten glücklich bis ans Ende ihrer Tage«, schlossen die Zwillinge.

»Ja, genau!«, stimmte Magda zu. »Und jetzt wird geschlafen, ja?«

Die Zwillinge nickten und legten sich hin: «Piep, piep, piep« und »Muh.«

Dong!

Die Zwillinge waren eingeschlafen. Magda stand leise auf, ging ans Fenster, setzte sich aufs Fensterbrett und schaute hinaus auf die Straße.

Irgendwann, vor langer Zeit, als Magda so alt war wie die Zwillinge, konnte man von diesem Fenster aus über den schornsteinübersäten Dächern das Feuerwerk sehen, einmal im Jahr, am Tag des Sieges. Damals wurde das nicht Feuerwerk genannt, sondern Salut. »Heute ist Salut!« hieß es, und ob es nun dunkel wurde oder nicht, alle standen am Fenster – Elo, Dimitri, Mutter und Vater, Storchi, Storchis Vater, Magda ... sie standen da und warteten, dass es anfangen würde zu donnern – zzzz-zischbumm! Der Himmel erhellte sich und es blinkten Sterne in allen Farben. Das war so schön!

Im Hof gegenüber heulte der Hund auf. Der Dobermann Boba, mit unkupiertem Schwanz, traurig und unerzogen.

Das blöde Vieh, dachte Magda.

»Hab keine Angst«, sagte Elo, »uns passiert nichts. Irgendwo schläft Muff Potter.«

Magda fing an zu weinen.

Ich bringe ihn um, dachte Magda.

Manana ging ins Bad und zog sich aus. Sie warf einen nachdenklichen Blick auf das Waschbecken, dann bückte sie sich und zog das schwarze Kleid aus der Waschmaschine. Sie schaute es lange an ...

Vierzehntes Kapitel

Der Krieg war schon eine Zeitlang vorbei, aber das Mädchen wartete noch immer auf den Vater. Sie war sich schon sicher, dass sie selbst nicht mehr sterben würde, sie hatte überlebt. Mutter und Schwester hatten es nicht mehr ertragen und waren gestorben. Dem Mädchen kam es vor, als hätten sie es aus Schwäche getan. Das Mädchen liebte sie nicht mehr und dachte nicht mehr an sie. Sie hatte sie vergessen. Nur manchmal kam ihr irgendeine, auf Haut und Knochen abgemagerte, geistesgestörte Frau oder ein stets wehklagendes, kahlgeschorenes Wesen in den Sinn, das ständig weinte und ständig Hunger hatte. Dann schüttelte das Mädchen den Kopf und dachte bei sich: Schwach!

Ja, sie selbst war aus anderem Holz geschnitzt, kam nach dem Vater. Der Vater war ein Krieger. Erst beschützte er sein Haus, dann jagte er den Feind. Jetzt kam die Zeit, dass der Vater zurückkehren müsste. Er war nicht zu sehen, aber das Mädchen wusste, er würde zurückkehren, und weil der Vater jeden Moment kommen konnte, setzte sie keinen Fuß vors Haus.

Alle rieten ihr, das Haus zu verlassen, was solle der Scheiß, was wäre, wenn er nicht zurückkäme? Er kommt zurück, sagte das Mädchen. Wenn er zurückkommt, könnte er dich doch bei den Nachbarn abholen, oder nicht? Das Mädchen wollte nicht zu den Nachbarn. Zu den Nachbarn ging sie um zu arbeiten, sie ging zusammen mit anderen, erwachsenen Frauen vor einen Karren gespannt, den Kopf gesenkt, auf die Wiesen, Felder, und was sie ihr sonst noch gaben, schlug sie in ihr Kopftuch ein und trug es heim, in ihr Haus. Wenn der Vater käme, sollte ihn das Abendessen erwarten oder das Frühstück. Hinge davon ab, wann er käme.

Dem Mädchen wurde gesagt, im Dorf streunten unzählige Gauner herum, jemand könne sie überfallen, töten, ihr Haus niederbrennen. Das Mädchen hatte ein großes Messer und fürchtete sich vor nichts und niemandem. Sie hatte die Tür ordentlich verbarrikadiert, die Fenster mit angekohlten Brettern vernagelt, die sie aus Häusern in der Umgebung zusammengetragen hatte. Keiner konnte sie überfallen oder zu ihr hineinschleichen. Das Mädchen dachte, wenn der Vater im Winter käme, würde sie die Bretter abreißen und dann hätten sie in den ersten Tagen sogar Brennholz.

Das Mädchen ließ sich immer nur in einen leichten Schlaf fallen, damit sie die Schritte des Vaters nicht überhören und ihn gleich an der Tür empfangen konnte.

Der Vater kehrte in der Morgendämmerung zurück.

Das Mädchen hatte nichts bemerkt.

Morgennebel, Stille, bald würde die Sonne aufgehen …

Das Haus menschenleer, die Fenster vernagelt, der Hof ungefegt. Nicht mal ein Hund ist zu sehen oder sonst irgendein Lebewesen.

Der Vater setzte den Rucksack ab, löste dessen Riemen, band sie aneinander, machte eine Schlinge, dann kletterte er hoch und knüpfte ein Ende des Riemens fest an den knorrigen Ast des alten Apfelbaums.

Das Mädchen erwachte. Sie erinnerte sich nicht genau, was sie geträumt hatte. War etwa wirklich jemand gekommen? Das Mädchen rannte zum Fenster und schaute durch die Ritzen zwischen den Brettern hinaus.

Sie konnte nichts sehen. Dann lief sie zur Tür, zog den schweren Riegel zurück und ging hinaus in den Hof.

Die Zeit verging und das Mädchen vergaß alles, aber das, was sie jenen Morgen gesehen hatte – niemals. Niemals erzählte sie jemandem davon, aber sie selbst erinnerte sich ständig daran und das gefiel ihr nicht. Schwach, dachte sie dann.

Das Mädchen konnte Schwäche nicht ertragen. Schwäche jeglicher Art. Darum mochte sie niemanden – bis jetzt. Jetzt mochte sie dieses Mädchen.

Manana redete, Storchi-Mutter hörte ihr zu. Wozu hätte sie es wissen müssen – sie wusste nicht, wer dieses Mädchen war, hatte keine Ahnung davon, wer wen getötet hatte. Die Hauptsache war, dass diesem Mädchen irgendetwas missfiel und sie eine große Sache zu erledigen hatte, und dafür brauchte sie Storchi-Mutter, die schon so lange nichts Großes – nein, noch nicht mal etwas Kleines – erlebt hatte. Umso besser, dass sie sich nicht mal mehr erinnerte ...

Kurze Zeit später war Storchi-Mutter mit einem schwarzen, pelzbesetzten Kleid und Seidenstrümpfen zurechtgemacht, das kohlrabenschwarze Haar gelöst, der Mund mit blutrotem Lippenstift verschönert. Da stand sie und schaute Manana kritisch an.

»Nein«, sagte sie endlich, »du gehst schlecht.«

»Mich braucht auch keiner gehen zu sehen«, rechtfertigte sich Manana.

Manana war sehr unwohl zumute.

Wie konnte Storchi dieses Kleid bloß tragen, dachte sie. Ist das eine Frau oder ein Stock?

Damals, als Magda das Kleid getragen hatte, war sie so groß wie Manana gewesen, vom Alter und von der Kleidergröße her, aber scheinbar war das Kleid geschrumpft, eingegangen – selbst Manana war es zu winzig. Manana hatte Angst, wenn sie die Treppe hinaufeilte, würde es ihr bis zum Rücken hochrutschen, wenn sie tief einatmete, würde es aufplatzen. Sie jammerte sehr, aber Storchi-Mutter war zufrieden.

»Du hast zwar nichts, aber was du hast, soll man auch sehen!«

Storchi-Mutter rühmte ihr schrilles Make-up; sie schminkte sich selbst so. Mananas Meinung nach sah sie aus wie verprügelt, aber Storchi-Mutter meinte, sie kenne sich da besser aus, und Manana gab sich geschlagen.

Storchi-Mutter hatte an Manana, die in Lackschuhen aus General Denikins Zeiten auf turmhohen Absätzen aufragte, nur eine Sache auszusetzen, aber die war nach ihrer tiefsten Überzeugung die Hauptsache.

»Grazie! Bist du eine Frau oder ein Brauereigaul?«

»Die sind zu groß und außerdem kneift das Kleid, was soll ich denn machen?«

Storchi-Mutter stand auf und erklärte:

»Schau mich an. Moment, ich muss die Schuhe anziehen ...«

»Wir verspäten uns«, jammerte Manana, »sie werden uns ertappen.«

»Schau her!« Wieder schaute die hochaufgeschossene, mittlerweile bis in den Himmel ragende Storchi-Mutter Manana streng an. »Stell dir vor, du hättest eine japanische Porzellantasse auf dem Kopf. Eine sehr wertvolle! Es ist meine, wenn die runterfällt, bist du fällig, ich mach dich kalt! Genau! An jede Seite hängst du dir eine schwere Tasche mit Steinen drin. So! Du musst auf einer geraden Linie laufen, rechter Fuß zur linken Seite, linker Fuß zur rechten Seite. So, na los! Auf einer geraden Linie! Das ist ein enger Weg, wenn du daneben trittst, fällst du und stürzt in die Tiefe! Na los, links, rechts, oder ich schieße! Klar? Daneben! Und eins, und zwei, und eins ... Wirf bloß nicht die Tasse runter! Genau so! Und eins, und zwei ... Heee! Ich schieße! Und eins, und zwei ...«

Wenn sie kommen, sag ich ihnen, wir spielen Topmodel, redete Manana sich gut zu. Ich bin auch schon verrückt.

»Ich bin dein Alibi«, erklärte Storchi-Mutter Manana, »und du meins. Es gibt keinen Weg zurück! Wir halten zusammen. Das ist unser Geheimnis. Es gibt kein Geheimnis nur für einen allein, verstehst du?«

»Ja.« Manana nickte, wenn auch vorsichtig, damit die von Storchi-Mutter geborgte Rose aus schwarzem Atlas, die ihr Haar schmückte, nicht abfiele.

»Sie fällt schon nicht ab«, bemerkte Storchi-Mutter. »Na los, fang an! Lauf.«

»Du bist die alte Hure, ich die junge Hure. Im Taxi sag ich keinen Ton, du erklärst mir irgendwelche Dinge auf Russisch, so vulgäres Zeug. Selbst wenn du mich beleidigst, ich sag keinen Ton.« Storchi-Mutter nickte zufrieden. »Dann steige ich aus und warte im Eingang auf dich, du fährst noch ein Stück weiter ... Und wenn du nicht weiterfährst, sondern gleich mit aussteigst?«

»Dann müssen wir den Chauffeur auch noch umbringen, sonst verpfeift der uns«, antwortete Storchi-Mutter. »Lauf jetzt, lauf! Und eins, und zwei! Was ist, hast du etwa Angst, dort alleine rumzustehen?«

»Ein bisschen ...« Manana lächelte gequält.

»Schwach?«, flüsterte Storchi-Mutter ihr zu.

»Nein, nein«, Manana wich zurück, »du kannst das besser ...«

»Nein.« Storchi-Mutter sah ihr in die Augen. »Du kannst das. Natürlich kannst du. Ja?«

»Ja.« Manana streckte die Brust raus und ging alles noch mal durch: »Ich warte im Eingang auf dich. Wenn mich jemand sieht, umso besser ... Dann kommst du« – Storchi-Mutter nickte anerkennend – »wir gehen die Treppe hoch, ich klingle an der Tür ... ach du Schande, und wenn er Besuch hat?«

»Umso besser«, meinte Storchi-Mutter, »dann sieht derjenige uns eben. So wollten wir es doch?! Schau in den Spiegel, wer wird uns schon erkennen? Mich – eine alte Oma und dich – ein Kind?«

»Ja.« Manana dachte, dass es die richtige Entscheidung gewesen war, sich Storchi-Mutter anzuvertrauen; sie hob stolz den mit der imaginären Tasse verzierten Kopf.

»Und dann mach ich rrratsch in sein Gesicht ...«

»Ganz durch! Und nicht atmen. Und wenn er umfällt, drehst du dich auf der Stelle um und gehst.« Storchi-Mutter schaute ihr in die Augen und Manana begriff, dass sie nicht verrückt war. Sie war eine Mörderin! – »Sieh dich nicht um, bleib nicht stehen, schau nach vorn und lauf weiter, ein Schritt links, ein Schritt rechts!«

In Sandros über und über mit Ketten behängter, riesiger Tasche lagen nur fünf Gegenstände: Geldbörse, Handy, Schlüssel, eine Sprühdose, auf der schwarze, fette Küchenschaben abgebildet waren, und das Erbe von Alimbegaschwili – ein großes, gutes Stahlmesser mit schwarzem Griff und drei Kreuzen drauf.

Auf dem Tisch, über der ausgebreiteten Patience, brannte eine mit Kettchen geschmückte Lampe, und in ihrem gelblichen Licht betrachtete die betrunkene Storchi die Karte:

»Wir sind im Garten spazieren. Der Kavalier deiner Mutter hat mich mit eingeladen. Mach dir keine Sorgen, er begleitet uns nachhause. Manana.«

Es war Sonntag und Teso war immer noch nicht ausgenüchtert. Er hatte gesoffen wie ein Verrückter. Zum Glück war er nicht allein – auch andere Männer hatten ihre Frauen und Kinder in die Ferien geschickt, deshalb hatte Teso mal da, mal dort getrunken.

Die Sache war nur die, dass er ständig trank.

Alle seine Kumpels wussten bestens darüber Bescheid, wie alles abgelaufen war: Wie die blöde Peppi Teso geweckt, die blöde Lisiko sich an seine Fersen geheftet, das Kind in fremde Fenster geguckt hatte, denn seine Frau war genauso blöd und konnte das Kind nicht anständig erziehen. Alle wussten, dass irgend so ein Polizist – erst vor einem Jahr zugezogen und völlig uncool – Teso auf den Sack gegangen war und ihn fertiggemacht hatte, dass der zweite Polizist ein vor Dreck strotzender Blödmann gewesen war, dass Teso als Zeuge vorgeladen worden war, und dass irgendein Mistkerl – Hört, hört! – eine Frau mit einem Bügeleisen umgebracht hatte! Und die Polizei hatte Teso gefickt, absolut gefickt!

Teso ging die Straße entlang. Keine Menschenseele war zu sehen. Wer sollte auch mitten in der Nacht, in dieser Bruthitze herumlaufen? Nur Idioten, Säufer und Nutten.

Das da waren auch Nutten. Zwei Frauen. Die eine groß und dunkelhaarig, die andere klein und blond. Wie die aussahen, ach du Sch…

Während Teso zu den Frauen schaute, kam ein Taxi angefahren. Teso fing an zu winken, aber vergeblich – der Taxifahrer ließ ihn stehen und hielt stattdessen mit quietschenden Reifen bei den Nutten an.

Teso schaute verzweifelt zu, wie die Frauen ins Auto stiegen. Das Taxi fuhr los. Teso brüllte hinterher und zeigte beide Mittelfinger. Als Antwort reckte die große

Dunkle den Kopf aus dem Fenster und schrie Teso mit Donnerstimme an:

»Schwach!«

Ende

Dann ging der Sommer zu Ende, darauf folgte der Herbst, dann der Winter. Dann wird wieder ein Frühling kommen, wahrscheinlich. Sandro hat keine Angst mehr und wohnt in Elos Haus. Die Uhr macht immer noch: tick-tack, tick-tack, die Katze zwinkert mit den Augen … Sandro lebt gut, er kann nicht klagen. Nur einige Male hat er einen Traum, der ihm Angst macht, den er aber trotzdem immer wieder haben möchte. Es ist ein schlimmer Traum, ein sehr schlimmer.

Sie liegen auf dem Fußboden. Irgendwie, als wären sie umgekippt.

»Das Haus bleibt stehen«, sagt Elo zu ihm, »mach dir keine Sorgen. Solange es uns gibt, wird es auch stehenbleiben. Dann kann's der Teufel holen.«

So liegen sie. Wasser kommt herangeflossen. Sandro friert und versucht, Elo zu umarmen.

Kaltes Wasser, kalt und nass.

»Elo« – Sandro kann sich mit Mühe auf die Seite drehen – »geht es uns etwa gut?«

Elo liegt immer noch so da, im blauen, nassen Kleid. Und Sandro weiß nicht genau, ob sie das ist, die jetzt singt, oder jemand anderes aus seiner Kindheit, jemand Schöneres als sie.

In der stockfinsteren Nacht
halten Mond und Sterne Wacht …

»Elo, ich fürchte mich!«, sagt Sandro. »Ich fürchte mich sehr!«

La-le-lu, la-le-lu …

»Ich fürchte mich auch, Süßer«, antwortet Elo, »sogar noch mehr als du.«

Das war alles damals passiert, in uralten Zeiten. Seitdem ist viel Wasser den Berg hinabgeflossen, und wenn ich Zeit habe, erzähle ich euch noch andere Geschichten, irgendwann, in einem anderen Märchen. Aber jetzt sage ich nur eins, nämlich, dass außer Elo und noch einem – ja, diesem nicht erwähnenswerten – Mann alle sich retten konnten.

Und wenn sie nicht gestorben sind, glaube ich, dann leben sie noch heute.

Mariana Enriquez

Als wir mit den Toten sprachen

Aus dem Spanischen von Simone Reinhard

ISBN 978-3-89930-394-0

Alle Geschichten spielen im Hier und Jetzt, verweisen auf die argentinische Realität: Die Helden leben in einfachen Verhältnissen, am Rande der Megalopolis. Dabei bilden diese realen Bezüge den idealen Nährboden für das Grauen, welches Mariana Enríquez schnörkellos beiläufig entfaltet: Wie die einfachen, alltäglichen Dinge ihre routinierte Selbstverständlichkeit verlieren, eine unheimliche Färbung erfahren, wie die Grenzen zwischen realem und surrealem Horror verschwimmen, bis der Alltag im Widerschein des Übersinnlichen böse erglänzt und das Harmlose einen teuflischen Touch erhält, ist das Besondere an Mariana Enriquez Erzählkunst.

Cornelia Manikowsky

Die Mutter im Sessel im Krieg

ISBN 978-3-89930-356-8

Ein Haus voller Geschichten. Zwischen den Möbeln und all den angesammelten Dingen ihrer Mutter wartet eine Frau auf den Entrümpelungsdienst und gerät in einen Strom von Erinnerungen. Immer schwieriger wird es, ihre eigenen Erfahrungen von den so oft gehörten Geschichten der Mutter zu unterscheiden. Und von dem Eigenleben, das diese Geschichten – und ihre Aussparungen – in ihr entwickeln. Cornelia Manikowskys Erzählung erkundet ein zugleich naheliegendes und tabuisiertes Terrain: das tägliche Leben der ›ganz normalen Deutschen‹ im Nationalsozialismus.

Anna Kordsaia-Samadaschwili

Ich, Margarita

Aus dem Georgischen von Sybilla Heinze

ISBN 978-3-89930-408-4

»Wenn du hässlich bist, ein Waisenkind und man dir keinen Lohn für deine Arbeit gibt, wenn dein Kerl sich in eine andere Frau verliebt, ist das schon nicht erfreulich. Wenn du zusätzlich als Tbilisserin mit einer russisch-armenischen Mutter gestraft bist, wird es noch viel besser. Aber, wenn du eine Frau Nora zuhause hast – wen juckt dann schon das Geld und der Kerl! Dann ist alles aus.«

Erzählungen und Kurzgeschichten über Männer und Frauen, Liebe und Hass, Sex und Enttäuschung – ausdrucksstark, emotional, leicht überspannt und ein wenig zynisch.

Adrian Pais

In den Wolken

Aus dem Spanischen von Simone Reinhard

ISBN 978-3-89930-186-1

Berlin in den frühen Neunzigern: Ein Bericht aus dem zwischen Lebenshunger und Lebensmüdigkeit oszillierenden Untergrund der Stadt und gleichzeitig aus den Tiefen des Ich-Erzählers. Techno, Clubszene, eine abgeklärte Fahrt durch das nächtliche Berlin, Begegnungen mit Musik, Sex, Drogen, anderen Melancholikern und Entgleisten, Liebeserklärungen am Telefon und das Spiel des Erzählens im multimedialen Raum. Eine Nacht- oder gar Traumnovelle, die von gesteigerten Sinneswahrnehmungen erzählt und dabei die Welt der Ideen nicht aus den Augen verliert.

Zehra Çırak

Der Geruch von Glück

ISBN 978-3-89930-281-3

Kara verachtet feste harte Dinge, die sie nicht zwischen ihren Fingern zerkleinern und zerdrücken kann. Kaugummi, Kerzenwachs, selbst Brotkrumen, die sie anfeuchtet und weich in den Fingern rollt und reibt, machen ihr Freude. Am liebsten hat sie Salz- oder Sesamstangen, von denen sie nur kleine Stückchen abknabbert und zwischen ihren Vorderzähnen zerkaut und die sie dann wieder herausnimmt, und, feucht und weich, so lange zwischen ihren Fingern zerdrückt, bis sie kleine Kügelchen oder Würmchen daraus formen kann. Karas Freundschaft mit solchen Dingen ist sehr alt. Schon als Kind hatte sie mit dem Zupfen und Zwirbeln und Verknoten angefangen.

Tzveta Sofronieva

Diese Stadt kann auch weiß sein

ISBN 978-3-89930-329-2

Es ist leider so, dass in dieser Stadt die Leute kaum laut reden, auch wenn sie sehr aufgeregt sind, und dazu ist dieser Mann vermutlich Akademiker und die sprechen ohnehin selten laut. So kann meine Neugier, worum sich dieses Gespräch drehen könnte, hier mitten im Park, wo zu dieser Zeit mitten in der Woche nur Hundebesitzer mit ihren Lieblingen spazieren gehen, und sich ab und an gesundheitsbewusste Rentner, die ihre Einkäufe bereits erledigt haben, treffen, in dieser Stadt, wo Leute so selten aufgeregt reden, besonders die gut ausgebildeten und die gepflegten, nicht befriedigt werden.